U0937511

右边的是土登寺大殿，僧人在这里诵经吟唱；左边的是地震后重新修补的另一座大殿，里面存放着秋英多杰仁波切的遗体，其遗体并未腐烂，且一直生长舍利，非常罕见。

秋英多杰仁波切与本书作者

小喇嘛——他们的生活很艰苦，他们的笑容很灿烂。

土登寺局部

藏族的男女老少都喜爱装饰自己。在这个佛教盛行的地域，首饰不再是简单的装饰，已经成为藏族人生活中的一部分。无论是在日常生活、节日中还是去朝拜，人们都会“浑身”披挂各种装饰品：头上戴的巴珠、簪子、发卡；发辫上挂的银币；耳朵上戴的大环；项间戴的项链、托架、嘎乌；腰上系的图纹腰带，悬挂的火镰盒子、藏刀、腰扣、鼻烟壶；手上戴的各类戒指、手镯等。

大师父给小和尚讲经

牦牛——青藏高原及其毗邻地区的特有牛种，藏民与牦牛共生已有上千年历史。牦牛在藏民心中是生命的供给、精神的图腾，也是致富的希望。

“磕长头”是藏传佛教信仰者最挚诚的礼佛方式之一。磕头朝圣的人在其五体投地的时候，是为“身”敬；同时，口中不断念咒，是为“语”敬；心中不断想念着佛，是为“意”敬。三者得到了很好的统一。“磕长头”分为长途（行数千里，历数月经年，风餐露宿，朝行夕止，匍匐于沙石冰雪之上，执着地向目的地进发）、短途（历数小时、十天半月）、就地三种。

我的家在土登寺

江阳堪布 著

陕西师范大学出版总社

图书代号：SK15N0458

图书在版编目（CIP）数据

我的家在土登寺 / 江阳堪布著. —西安：陕西师范大学出版总社有限公司，2015.8
ISBN 978-7-5613-8208-0

Ⅰ.①我… Ⅱ.①江… Ⅲ.①散文集－中国－当代
Ⅳ.①I267

中国版本图书馆CIP数据核字（2015）第162845号

我的家在土登寺
WO DE JIA ZAI TUDENGSI
江阳堪布　著

策划编辑 / 孙国玲
责任编辑 / 孙国玲　陈　博
责任校对 / 彭　燕　郑世骏
特约审稿 / 曹　丹　巩亚男
图片摄影 / 杨　力
封面设计 / 北京亿点印象文化传播公司
出版发行 / 陕西师范大学出版总社
（西安市长安南路199号　邮编710062）
网　　址 / http://www.snupg.com
印　　刷 / 西安建明工贸有限责任公司
开　　本 / 720mm×1020mm　1/16
印　　张 / 11.75
插　　页 / 5
字　　数 / 130千
版　　次 / 2015年8月第1版
印　　次 / 2015年8月第1次印刷
书　　号 / ISBN 978-7-5613-8208-0
定　　价 / 32.00元

读者购书、书店添货或发现印刷装订问题，请与本公司营销部联系、调换。
电话：（029）85307864　85303629　传真：（029）85303879

序

我的名字叫江阳，这个名字是我出生后，父母特意祈请土登寺的上师秋英多杰仁波切给我取的。这是我的俗家名字，也是我出家后的法名。

我的家在青海省玉树藏族自治州称多县拉布乡的一个小村庄。

在我十几岁的时候，父母将我送到了离家很近的土登寺学习佛法，我就这样出家了。

我出家的依止师父[①]是秋英多杰仁波切，就是给我取名字的那位上师。仁波切对我们师兄弟们都很好。他很和蔼，在我的记忆中，他一直都是慈眉善目的，对所有人都是一张灿烂的笑脸！

我很幸运，我一直都是这样认为的。我很幸运地成了仁波切的弟子，更幸运的是，从入寺那天开始，我就成了仁波切的侍者。侍者，就是跟随在师父身

①依止师父：自己能够完全相信，能将自己的法身慧命完全托付的人，愿意用身、口、意去供养的人。

边的弟子，照顾师父的起居饮食，帮师父打理事务，陪同师父出行、闭关、云游、参访，等等。仁波切在我的心里就像亲人一般，他圆寂的时候，我哭得很伤心，比父亲去世时哭得还伤心。

当然了，我还有一群可爱且博学、修行很好的师兄们！他们对我也都很好，很照顾我，自从入寺以来，我从没挨过打（据说挨打是每个新入寺小和尚的必修课）。他们还常常指导我功课。

土登寺，有我太多太多的回忆。在我的心里，它就像我的家一样。

也许有人会诧异，出家了，怎么还能有家呢？

其实，对于藏地的僧人来说，家和寺院不是严格对立的名词，不是非此即彼的二选一难题。

藏地人都信仰佛教。所以，在他们的心里，在家修行和住寺修行没有本质上的区别。在藏地，在家人和出家人一样，虔诚信佛，念经供斋，出家人也和在家人一样，可爱、活泼、善良、调皮；在家人有社会上的人际关系，有彼此交好的朋友，出家人在寺里也有要好的同修；在家人顾念亲情，出家人也顾念亲情，出家并没有阻断出家人和家人的联系，他们也并没有因为出家而推辞掉他们对家人的赡养义务。

可能有人会问，那为什么还有人要专门到寺里去出家呢？我想，有的人也许是想去寺院里找一个好一点的上师，终身指导自己；有的人也许是想去寺院里用戒律约束自己，以便能好好参悟佛法；有的人也许是为了能在寺院里接受良好教育；有的人也许是想光宗耀祖，受人敬仰；有的人也许是想去寺院里寻求解脱……

但不管是在寺里，还是在家里，藏人都是信佛的。

所以，出家以后在寺院生活，我常常能感觉到家的温暖，在寺里，就像在家里一样。家和寺，只有在藏地这个全民信教的地方，才能画等号。

藏族人无论老少，都一心向佛，十分虔诚

目录

第五章　点点滴滴的佛性 /149

第一章

最美是土登

在青海省玉树藏族自治州称多县拉布乡达格沟口的土登村，坐落着一座年代久远的寺院，当地人唤它作，土登寺。

土登寺是我出家和生活的寺院，我的前半生和后半生都和它无法分割。

这里有为我释疑解惑的敬爱的上师，他总是默默关怀着每一个僧人，就像我们的家长一样，保护着我们；有贪玩调皮的师兄弟们，骑着呼啸的摩托逃到寺院外去偷玩，然后再回来坐上蒲团，精进修持；还有可爱的老师父们，放下身段，与小师父们一起到河里戏水……

在土登寺，你会发现：每一个僧人都是带着一张像花儿一样绽放的笑脸，向你走来。他们都很年轻，不是年龄，而是笑容！

来过土登寺的人都说，土登寺很美！

小和尚的入门必修课

每一个出家的僧人，进寺院的第一件事就是背诵仪轨，学习懂规矩。

天刚蒙蒙亮，大师父就会来喊小和尚起床，小和尚们压根儿不敢赖床，赶紧起来，爬到屋顶上，先背诵一遍《文殊智德赞》和多遍文殊心咒，再将前日背诵的内容念一遍，接着开始背诵经典。

背诵完之后，从屋顶爬下来，开始生火煮茶，做早饭。他们小心翼翼地往大师父碗里放一块酥油，倒上茶化开；然后加入糌粑和奶渣，奉到大师父面前；再倒一杯茶水，最后拿根棍子放在大师父面前。

大师父则把早上念完的功课本收起，用包经布裹好，边拌糌粑边听小和尚开始当日的背诵。如果小和尚有哪里背不出来，大师父会提醒两句，如果屡屡出现这种情况，大师父就会抄起身边的棍子敲打一下，再给句提醒，让他继续背。小和尚可以掉眼泪，但不能哭出声，也不能不背下去。

而说到学规矩，用老师父们的话说，就是先要把自己身上在俗世中沾染的坏毛病都改了。

现在的孩子在家里都是爸妈的心肝宝贝，被宠着惯着，大部分都很任性，性格也都是有棱有角的。进了寺院，僧值[①]和其他师兄们都要一起帮助他摆脱一切恶习。师父们说，每个僧人只有先过了这一关，然后才能被允许慢慢念经做功课。

刚进寺院的时候，你会发现，大家都很凶，甚至经常有人把你呼来喝去的。不管是谁喊你去干活，你都要赶紧去干，而且还要很恭敬地喊一声“大师兄”，因为他们都比你入寺早。刚去的小孩，一定要很乖，否则的话，那可是不定什么时候会挨揍的。

①僧值：僧人中的纠察。

我想起了一个小师弟刚来的时候。那时他很胆小，也不懂什么规矩，经常被僧值和师兄们打。有一次，一个师兄在干活，喊他去拿根钉子过来，他赶紧去找，拿过去给师兄，师兄还是嫌他磨蹭，狠狠地把他骂了一顿，他被骂哭了。师兄看到他流眼泪的样子，更加生气了，举起手里用来钉钉子的榔头，作势要朝他砸来，他眼眶里的泪水顿时干了。因为他真的相信如果再哭的话，师兄的榔头肯定会砸下来。一种强烈的恐惧，让他的眼泪在瞬间消失了。

过了一会儿，僧值走了过来，他便告了状。僧值紧张地查看了一下他的头，没有什么伤，但还是批评了那个打他的师兄："人家一个小孩子，父母又不在身边，多可怜，现在还要受你的欺负，你这人太过分了！"小师弟听了越发觉得委屈，便号啕大哭起来，惹得僧值和大师父们哄堂大笑。

慢慢地，学规矩后的小和尚们老实听话了，也就不会再挨打了。而且，小和尚们勤快恭敬地给大师父们倒茶时，大师父们往往还会说："谢谢小师父。"

藏地的寺院自古就有这个风俗，僧值们认为，道理讲不通的时候，要用棍子来讲道理。旧时代那真的是拿皮鞭把你打得皮开肉绽的，还不让你回去，挨完打了你还得坐下，接着念经。现在的寺院虽然还延续着这个古老的传统，但是没有过去打得那么凶了。

我很庆幸，因为自从我进寺院以来，没有挨过打。因为小时候在家那会儿，爸妈都很严厉，经常打我，也许我性格中的棱角在家里已经被磨平了吧！

还有一个原因就是，我刚一进寺院就跟了我的师父仁波切。仁波切脾气特别好，他不让僧值打新来的小僧人。仁波切说，他自己年少时曾经被僧值的铁棍打过，因此心里留下了阴影，以至于很多年后，还经常梦到僧值拿着铁棍要打自己，他每次想起来都感觉害怕。所以，他经常对寺里的僧值和管家们说："不要打孩子，给他讲道理，讲不通，就让他回家吧！"

话虽这么说，土登寺还是很少赶僧人回家的。

你已经出家了

我二十一岁那年，我们土登寺里一群没有受戒的小和尚一起去了另一座萨迦派的寺院求戒。到了一个新的寺院，同去的我们定下了规矩：一起上殿，一起做功课，平日里有什么事情，大家都要共同商量，结伴而行，不要单独行动。

可是，有一个刚出家不久的小师弟，总是自行其是，不理会大家制定的规矩，结果被同行的几个师兄收拾了几次。

小师弟受了委屈，就向父母告状，说我们总欺负他。他的父母知道后很生气，就找到了我们求戒的寺院。寺里管事的老师父听说后，便对他的父亲说："还有这样的事？太过分了！你不用说了，这事儿我来解决。"

说完，老师父便拿着一根皮带来到我们的住处，我们都吓坏了，谁知他竟然走向告状的小师弟，边打边说："你知不知错？！"那小师弟哇哇大叫着求饶，老师父问他："知道你错在什么地方了？"他说："不知道。"

老师父说："还不懂得自省！小小年纪就学会了添油加醋，诬陷告状。看你还告不告状！"

小师弟哭着说："我说的都是事实，他们欺负我。"

老师父继续抽他："你要明白，你已经出家了，你的申诉对象该是我们这些大师父，而不是你爹娘。以后要再跟你父母告状，看我怎么收拾你！"

后来，老师父又把几个年长的师兄叫到屋子里，对大家讲："小孩嘛，迁就他一点，别老欺负小和尚。你们比他大，要照顾他。如果他做的有什么不对，可以好好劝说。"大家都点头应允了。

如今想起来，老师父真的蛮有智慧的。

我的二层小“别墅”

在我们藏地，僧人到寺院出家后，寺院首先会给你在寺内划一片地出来，然后你自己在这片地上给自己修建僧房。房子建好了以后，自己给自己做饭吃。这与汉地寺院僧人同住同吃的佛教文化是完全不同的。

一般刚出家的时候，僧人自己也没有什么经济来源，修建僧房的费用，还有自己日常生活的费用，都是靠家人或者亲友供养的。我的僧房就是家人帮忙建起来的。

房子建好后，僧人自己可以酌情添置家当。有的僧人家里有钱，人家就可以给自己的屋里买电脑、电视机、洗衣机或是其他家电、日用品，如果家里经济不富足，那就过得简朴一点。

不过，在寺院里，虽然大家的生活条件不一样，但我们都有一颗平常心，没有攀比，没有嫉妒。所以，寺院还是寺院，不会因为多了几件现代化生活用品就改变了我们修佛的本心。

在寺院里，我们更加追求、强调、崇尚的是僧人的学识、修行和品德。僧团中流行着一句话：“男孩子若是杰出，甘丹寺的赤巴法座是没有主人的。”

格鲁祖庭甘丹寺有个法座，虽然并不高，但能坐上这位子的人，在格鲁派中，其智慧是无与伦比的。不论贫富贵贱，谁都可以公平竞争，只要有学识，在大众的辩经场上以智折服群雄，便能坐上这法座。

一次，我与一些汉地居士结伴，从西宁回土登寺。途中有个汉地来的小男孩问起我：“堪布①，你住的房子什么样啊？”我说是个小别墅，他嘴巴张得大大的，说：“啊？你竟然住别墅？”

我问他：“别墅是不是两三层楼的一座小房子，前面带个院子？”

---

①堪布：原为藏传佛教中主持授戒者之称号，相当于汉传佛教寺院中的方丈。其后，凡深通经典之喇嘛，而为寺院或扎仓（藏僧学习经典之学校）之主持者，皆称堪布。担任堪布的僧人大都是获得拉然巴格西学位的高僧。

他说："是啊。"

我说："那我的房子就是这样子的。"

小男孩说："那我到了那里，一定要去看看。我可以住在里面吗？"

我说："可以啊。"

后来，他看到了我的二层小楼，有些失望，说："这房子怎么能叫别墅呢？"

我问他："这是不是有两层？"

"是。"

"是不是有独立的院子？"

"是。"

"那不就是别墅嘛！"

"这跟我们那里的别墅可不一样啊。"小男孩对我的二层别墅很不以为然。

我的二层小楼都是木架结构的，其实很简易。但是我觉得，住在里面很惬意舒适，有自己独立的空间，还有自己的小院，出门也不用锁门，邻居都是我们一个寺院的师兄师弟，我们的生活真的可以说是路不拾遗、夜不闭户。不过，老师父们经常对我们说："把门锁好哦，古人说，'防贼是善心，指贼是恶心。'"

虽然做饭的厨具，我屋里都有，但说实话，我还蛮懒的。刚出家一直跟着仁波切，就跟他一起吃饭，后来姐姐来了，有人给我做饭了。玉树大地震的时候，我的二层小楼裂缝了，大家都说，住在里面不安全，我就在外面的空旷处搭起了帐篷，顺便把妈妈也接来同住。爸爸多年前去世了，妈妈一直一个人在家，地震时家里的房子也被震坏了，也是我该尽孝的时候了。

和妈妈在一起的日子很幸福，我会想办法让妈妈开心。妈妈经常唠叨我，说我在房间里待的时间太长了，应该出去透透气。我就楼上楼下跑一跑，刻意气喘吁吁地回来，然后跑进妈妈的房间，靠在窗户边，伸出头去喘息一会儿。妈妈就自得地说："在外面活动一下，就是不一样吧。"我就说："是是是，妈说得是。"

寺院的小商店

我们寺院里有一个小商店。就是这个不起眼的商店，可吸引了很多汉地居士们的目光。他们都很好奇，为什么寺院还能有商店？

其实，这在藏地很正常。藏地的僧院不像汉地那样要耕作自食。在藏地，僧人不耕种，但是可以开店做生意。这就和吃肉的问题一样：汉地僧人吃素戒肉食，但是藏地的僧人是吃肉的。这都是佛教文化的地区差异的表现。

寺里的商店不大，里面大都是一些生活必需品，价格比镇上的贵一些。这个小商店，除了像我这样固定的顾客外，就是那些偷懒不做饭的，或者是晚上喜欢吃零食的贪嘴的常客。有些师兄师弟常常懒得做饭了，就去小商店买些方便面回来。有时连着吃了一个月的方便面，终于受不了那味道了，才肯自己生火做饭。

如果遇到月末发零花钱的日子，那晚，小商店的生意必定很好。节省了一个月的小孩子们终于可以拿上几块钱去买些瓜子或者饼干，以示庆祝。

我偶尔也去小商店买罐可乐。我爱喝可乐，虽然妈妈经常说可乐不健康，让我少喝一点，但自己有时也忍不住，就偷偷跑出去喝一罐，回来是绝对不能告诉妈妈的。

很多外人都以为寺院开商店是为了赚钱。其实，商店只是为了服务僧众。寺里商店所得的利润，最后都用来供养僧众了。

关于管理商店的人选，寺里也是集体商议，然后共同挑选出一个合适的师父，而且一般情况下是两年一换。两年期满后，寺院会视情况给予奖励，比如说，批准特别假期、闭关修行，或者准许外出朝圣参访。如果哪位师父把商店打理得比较好，寺院也会破例请这位师父多管理几年；同样的，如果做得不好，也会提前结束其服务期。为大众服务，本身也是一种修行，所以如果中途因自身的原因被更换掉，也不是什么光彩的事情。

藏地的出租车

每隔一两个月，寺院都会放几天假。那时，寺里的师父们会相约去一趟州上，买些生活日用品，还有米面。

从寺院到州上，大概有七十多公里的路程，大家有时会骑着摩托车去，有时也会一起坐出租车去，幸运的话，还能搭上免费的便车呢！我没有摩托车，只能乘出租车去了。

说起我们这里的出租车，还真要给大家好好介绍一番。此出租车非彼出租车，不是大家常说的“的士”。我去汉地的次数多了，对汉地人的生活也有些了解，我知道“打的”，也知道“宅男”。

我们这里的出租车有两种，在汉地分别被称为面包车和小货车。面包车在我们这里有一个特殊的名字——“易拉罐”，因为上坡的时候车马力不足，大家要下来推车，一用力，车尾的铁皮就会凹进去，“易拉罐”由此得名。还有一种就是小货车了，乘坐这种车的人比较多。车的前部是驾驶室，里面有两排座位，后部是敞开的车厢，坐在车厢比坐在驾驶室的座位上能便宜一些。

这些出租车都是当地的村民开的，他们往返于州县和乡村间，载客赚钱。春夏的时候，可以坐在车厢里吹吹风，看山峦叠翠，野花缤纷，尤其是夏天的时候，大家都喜欢坐在后面敞开的车厢里。但冬天就要挨冻了，寒风刺骨，尘土飞扬，嘴周一圈全是灰尘。

藏地的出租车虽说是村民自己开的，但也并不是招手即停，还得提前打听好发车的时间，与司机打好招呼，才不会错过。因为只有一条线路，所以车费也没有讨价还价的必要，更不会发生因为路线问题而引起的争吵。

路上虽有颠簸，但无论什么季节，一路都能听到欢声笑语。

被妻子供养的出家人

以前常听寺里的老师父们说起一个出家人的故事。老师父们说，这个出家人在没有出家前也像普通人一样，曾经娶妻生子。可是后来，不知道怎么了，他突然就出家了，抛妻弃子，自己一个人住在雪山上修行。

丈夫出家后，妻子并没有哭天抢地，也没有埋怨责怪，她很平静地接受了这样的现实。后来，妻子得知了丈夫出家修行的地方，就一直默默地供养着他。当然了，妻子后来再也没有嫁人。她一直供养着出家了的丈夫，而这个曾经的丈夫——后来的出家人在得知是妻子一直在供养他之后，也欣然接受了。

很多汉地来的人听说了这个故事后，都觉得不可思议：

"妻子被抛弃了，没有丈夫了，不难过吗？"

"这个妻子还能供养自己的丈夫，是不是对他还有感情，希望用自己的行动感化丈夫，希望丈夫能再回家？"

"出家人怎么还能和妻子来往呢？这不是六根不净嘛！"

是的，大家都有很多很多的疑问，就如同很多新入寺不久的小师弟们刚听到这个故事时一样的似懂非懂。

大家似乎都在怀疑这个出家人，觉得他出家的心不诚。可是，事实却不是大家想象的那样，据说，这个人出家后一直很认真、很精进。后来，他的儿子也出家了。

老师父们每每看到听故事的人一脸的狐疑和不解，都会淡淡地说一句："俱生无明，俱生智慧。两者没有谁先谁后的问题。"

僧值生气了

早年，土登寺在修建新的大殿时，附近很多村民都来帮忙，义务劳动。在藏地，寺院和周边村子的关系都是比较好的，村民们常常供养寺院，还免费给寺院干活，以体现他们的敬佛之心，并且可以为自己和家人培植福德。

那次修大殿，是我们寺院的一项大工程，前来帮忙的村民特别多。加上我们寺院里的僧人，大家都在一起干活，可热闹了。

干活的村民当中，有一位大叔，特别爱说笑，喜欢给大家讲故事，还时不时地做出表情和动作搭配他的故事，周围的几个人也被他感染，手里的活不知不觉地就慢下来了。

其他几位师父也不好说什么，因为听说这位大叔是我们寺院僧值的父亲。一天下午，刚开始干活，僧值的父亲又开始说笑了，我们远远朝他们那边望过去，又几人围在一起了。不一会儿，僧值拿着根铁棍来了："爸爸，你快好好工作，不要再说话了。"他的父亲看了他一眼，不理儿子，继续玩笑，僧值一下子火了："爸爸，在家里你是父亲，我是儿子。可如今是在寺院，你是僧众，我是僧值，你犯了错，我就有权处罚你。"

他的父亲开始没有想到儿子会来真的，直到看到他的棍子朝自己方向抡过来，他才相信了眼前的事实。父亲抱着头边躲闪边喊叫："臭小子，你连老子都敢打啊！"

我们在一旁，看得傻了眼，大气都不敢喘。见僧值对他老子都不客气，我们赶紧低下头，使出了全身的劲干活。

这回真疼了

有时候，寺里有很多活，大家都很忙。记得有一天下午，我们都干完活，准备收工的时候，僧值顺便给我们安排第二天的工作，说完又转身对旁边的一个小师弟说："你明天给咱们找一把铁锹来。"小师弟应允了。

晚饭后，一个老师父看到这个小师弟在玩，就过去提醒他："僧值不是说让你找一把铁锹吗，你找了没？”

小师弟说：“哎，明天再说吧！”

“明天？! 小心僧值打你。”老师父还是不忍心看他挨揍。

“哎，不就是一拳一脚嘛！”小师弟倒是笑得很爽朗，一点儿也不担心的样子。

这跟藏族人的性格有关，在藏地，男人之间来几个拳头、踢几脚，没有多大关系的。藏地的男人之间很少吵嘴，真的到了需要吵嘴的地步了，那就直接动手了，所以他们挨个一两拳，一点事也没有。如果在街头看到两个男人在吵架，女人都会笑话他们的。

所以，大家说起拳脚来都挺轻松。

第二天，小师弟还没起床，僧值就找到他屋里去了，问他：“铁锹找回来了吗？”

僧值都站在面前了，他这下知道事情的严重性了，但也不敢说自己没有去找，只得编了个谎：“呀，我忘了。”他不好意思地嘿嘿一笑。

僧值没有说话，拿出自己长长的念珠，在小师弟身上狠狠抽了三下。小师弟当时还没有来得及穿衣服呢，三条念珠印便赫然留在了他的背上。

老师父见到他，问他感觉怎么样，他不好意思地说：“这回真疼啊。”

老师父哈哈大笑：“这就叫‘不听良友劝，龟失口中木’啊！下回不要再这么拖拉偷懒，更不要有侥幸的心理了。”

老师父说的话，其实是有典故的。这也是流传在我们藏地的一个小故事：

在一片美丽的湖边，住着两只鹤和一只乌龟。后来，湖面水位不断地下降，湖水渐渐地变少，眼看着就要干涸了，两只鹤决定搬走，乌龟便请求道，“我们做了这么多年邻居，也算是好朋友了。你们不能把我孤零零地丢在这里呀！”鹤说，“不是我们不念旧情，实在是爱莫能助啊。以你的体重，我们背不了你，你又走得太慢，如果等你，我们都会渴死的。”乌龟说，“我有办法。你们俩合力衔一根树枝，我张口含住它，这样，你们就可以带着我一起飞走了。”两只鹤觉得可行，但还是嘱咐乌龟道，“我们飞得高，你千万不要说话或是松开口，不然，你会摔死的。”就这样，两只鹤带着乌龟飞上了天。过了一会儿，乌龟听到地面上有人说，“你们看这两只鹤，衔着树枝带着乌龟，真有智慧呀！”乌龟虽心里不平，但还是忍住没答话。后来又有人这么说了，乌龟终于忍不住开口道，“这是我的主意！”这一开口，它便掉落地面摔死了。

土登寺的民主与专制

我们常说，在土登寺出家为僧是幸运的，在土登寺生活也是很有福气的。

在这里，我们大家就像亲兄弟一样，彼此依赖，互相帮助，一起上大殿、做功课，一起嬉戏玩耍。虽然僧值和管家有点儿严厉，不过，大家不犯错误的时候，他们也挺好的，一点也不凶。

在我们寺院，僧值和管家都是两年一选。此外，还有香灯师和维那师，他们的任期相对要长一些，尤其是维那师，寺里一般会选拔人品、唱诵和修行都比较不错的师父来担任。

说到僧值和管家，寺里的师父们几乎每人都要当一回。我们寺院很民主，对寺里的大小事情，都很尊重寺院每一个僧人的意见。记得有一次，管家想要把后面的侧殿翻新，以便来往的居士和访客居住，就通知大家集体开会，让寺里的每一个人发言，谈谈自己的看法。

有一个刚进寺院不久的小师父认为，这项工程完全没有必要，他义正词严地在会上发言，希望寺里能缩减开支，储备力量。在他的发言过程中，并没有人出来打断他或是批评他不够资格发言，大家都是很认真地听完，然后陈述各自的观点，最后全寺僧人举手表决。所以说，我们的寺院在管理方面还是很民主的。即使管家想推动的事务，如果被大家否决了，管家也会尊重大家的意见。

如果寺院要干什么活，在发布通知之后的一段时间内，每个人都可以提出异议。比如说，僧值让大家出去拾牛粪，如果你觉得没有必要，你可以大声说出来，把你的道理讲出来。如果大家一致觉得，你说得对，那全寺僧人都不用去拾牛粪了。如果你的理由没有说服大部分人，那你就必须要服从寺里的安排。

干不干，人人可以提意见。一旦决定要干了，那每个人都必须认认真真。有些喜欢偷懒的师父，每次干重活的时候，都要跑到僧值面前哀求："啊，我搬不动那些大石头。"

僧值会反问他："你搬了吗？你还没有搬，怎么就知道自己搬不动？"他们默不作声，僧值接着很严厉地说："今天晚饭之前，必须把那些石头搬完，不然的话，等着受罚吧！"

敢怒不敢言的懒师父们，转身顺口抱怨："太霸道了，太专制了。"当然了，如果你真的努力试过了，确实搬不动的话，僧值也会给你重新安排与你体力相符的活。

不过，如果僧值真的生气了，哪怕是打错人了，最好也不要企图解释。僧值责罚的时候，越解释打得越重。如果真的打错人了，老师父们会事后去给僧值讲道理，第二天上殿时，僧值会向全体僧众顶个礼[①]，向被错打的人献条哈达，说："前面打错的几下，我为此道歉，但后面被打的几下是你自找的。你都知道，我已经非常生气，跟在气头上的人解释，只会让他更生气。所以，以后遇到类似情形的时候，最好先忍下来，不要去解释，事后等他心平气和的时候再去解释，事情才能很好地解决。否则，就会像这次一样。"

寺里集体干活的时候，经常有偷懒的现象，但偷懒也分时常偷懒和偶尔偷懒两种。如果一个人时常偷懒而不幸被僧值盯上了，就会很麻烦，僧值会专门选一部分活给他干，而且往往是比较繁重的。如果他再去问僧值："为什么只让我一个人干这么多活？"僧值会说："这是你平日积攒下来的。"偶尔偷懒的人，是不会让僧值盯上自己的。

①顶礼：指跪下，两手伏地，以头顶着所尊敬的人的脚，是佛教徒最高的敬礼。

当然，按照老师父们的话来说，最好不要偷懒。躲得过初一，躲不过十五。所以，大家一般都会很自觉地干活。时间一长，很多规矩，大家也就主动地去遵守了。

一个寺院犹如一个家。要让每一个僧人都能安心澄净地修行生活，那么，必须有一个严厉的父亲威慑这些偶尔调皮的孩子。还需要一个母亲，配合父亲，一会儿唱红脸，一会儿唱白脸。民主也好，专制也罢，重要的是，这些年我们都生活得很开心。

清闲的生活

清闲，大概是社会上大部分人对寺院生活最朴素的认识了。很多人都说，羡慕出家人，他们羡慕的大概就是那一份清闲、无所事事。

曾经有一个汉地的僧人说过这样一些话：和尚没有不闲的，不闲的都在忙着名利。做和尚就是这个世界上被普世价值观认为最无聊的事情。如果你能战胜这份无聊，那世间还有什么可怕的呢?

我不否认，我们的生活从某些方面看来是清闲的。每天除了早上两个小时上大殿的时间外，剩余的时间，我们都是自由的。

我们每个僧人都有自己独立的僧房，像我这种性格的人，每天除了早上出去两个小时外，其他时间都是宅在屋里，大门不出，二门不迈。你是在自己屋里睡觉或者修行，没有人知道，寺里也不会管你。

有些人爱串门，几个人聚集在一个师兄的屋里，聊一下午，这都是常有的事。

我性格好静，一般独自在屋里的时候，都是读读书，写写字，或者趁空暇巩固一下汉语，翻译一些藏地的经文作品。

僧人的本分，我们都不曾忘记。那些在一起聊天的师兄们，他们也是在修

喇嘛们丰富的业余生活

行，佛法的知识、生活的道理，都是越辩越明的。有时候，读书辩经累了，也可以到寺里的篮球场上，打打篮球，活动活动。

据说，汉地的僧人多是用艺术来打发清闲的时光，吟诗作画、练习书法，抑或品一品茶文化。久而久之，和尚都成了高雅的艺术家。这一点，我们藏地和汉地还是有区别的。藏地的僧人也有画画儿的，但是我们只画唐卡，我们没有那份艺术的情调，更不会品茗论道。

在我们看来，修行就是实实在在地诵经、做功课、打坐。

小和尚翻旧账

寺里的老师父常说，出家修行，没有不挨打的，在挨打中修行，在挨打中长大，小和尚就会变成大师父。

也许他们说得对，只不过在挨打的那个当下，小和尚们真的有些怕。即使长大之后再回忆起当初刚出家时的情形，每个人肯定都是记忆犹新。因为他们忘不了曾经挨过的打，有些人甚至还会“记仇”。

记得有一次闲聊时，一个小和尚就和大师父翻起了旧账。

小和尚对大师父说：“你这人真狠心，我刚出家那会儿，你经常打我呢，你现在还记得吗？当初你见了我，总说要像电影里演的那样，给我一记老鹰拳，把我吓得每次见了你都要讨好你，生怕你一不高兴，真的给我一记老鹰拳。现在我长大了，比你高了，也不怕你了。要不然咱俩现在单练一下，看谁收拾谁？”

其他师父都在一旁起哄：“你虽然壮，但胆子未必比人家大啊。”大师父也顺势把袖子一撸，一副天不怕地不怕的样子，说道：“练就练，谁怕谁！看，咱有肌肉呢！”大家都哈哈大笑起来。

玩笑过后，小和尚突然认真地说：“其实，你倒不是打我最凶的那个。咱们寺里已故的那位师父，才真的是凶啊，而且打我也打得最多。我那时候真的是很怕他。后来，有一段时候他生病了，身体不好，但还是一样欺负我。我晚上做梦，梦到他病死了。早上起床后发现只是个梦。那天，正好外面下雪了，我赶紧起床扫院子。往常他都比我先起，那天，我把院子都扫了一大半了，还没见他出来，当时心里就想，会不会我的梦灵验了呢？正想着呢，他打着哈欠走了出来。我的心里顿时生起了莫名的失落感。”

旁边有人问：“你怎么这么想？”

小和尚哼道：“能不这么想吗？他平时就欺负我，那天都生病了，还不放过我，拿了块土块，用雪裹起来，‘嗖’的一声砸到我头上，砸得我两眼直冒金星呢。不过，他真的是位好和尚。”

“刚还恨人家呢，现在又夸人家好了，你这转变得也真快啊。”一旁的听众们都笑起了小和尚。

大师父答道：“已故的那位老师父与我们土登寺，前世一定有很深的因缘。自从出家后，他总是喜欢待在我们寺院里，即使放假的时候，他回家也只待一天，第二天就跑回寺里。他这个人，脾气虽然憨直，但真的很讲修行的。”

大家都感慨道：“是啊，如果他今天还在，会是很优秀的出家人。”

大师父接着说：“你们还记得那一年，我们寺里几个师父去州上求戒吗？那次，已故的那位师父也和我们同去了。当时，我们在州上待了一两个月。有一天，我竟然看见他捧着茶杯，向着我们寺院的方向掉眼泪。我跑过去问他出什么事了，他说没什么事，只是想寺院了。那时候，他已经三十多岁了，而且他平日里是出了名的胆大又凶悍啊！”

罚不起啊！

土登寺是一个不大的寺院，僧人有五十多位，除去一些常年住山闭关的老师父们，常住的也就是三十多位。

我们大家都在一个寺院里生活，彼此之间都很亲，就像一家人！不过，寺里的僧值一般都是比较凶的，我们都很怕僧值。因为一不小心，就要挨他的揍。

前几日，几个小师弟拿着一点儿零花钱，跑到州里去玩，没有跟僧值请假，就被狠狠地揍了一顿。

几个小师弟都是十来岁，年纪小，玩性很大，很喜欢到州上去逛。前几日，正好是月底。寺里每到月底，都会给每个僧人发少许的生活补助费，我们称之为零花钱。几个人在领到零花钱的当晚，就已经按捺不住激动的心情，偷偷溜出去了。夜深人静，怕被发现，他们把摩托车推到寺院外半公里的地方，才悄悄地发动，两人一骑，呼啸而去。

跑到州里，很开心地吃顿好的，再偷偷回来。回来的时候，当然是口袋空空，不过，他们并不觉得有什么。可是，一踏上回寺院的路，他们就开始提心吊胆：回去了，僧值会不会就站在寺院门口等着他们？在离寺院半公里的地方又再次把摩托车熄火，悄悄地一个扶、一个推，还时不时互相提醒："轻些，别弄出声。"就这样潜回寺里。不过很不幸，还是被僧值发现了，挨了一顿揍。

如果当天晚上没有被僧值发现，第二天上殿，他们会非常关注僧值的表情。如果看到僧值表情不好，心里就又七上八下了：不会这么倒霉，被他知道了吧？

如果经念完了，没什么事，他们出来便会合掌庆幸："太好了，咱们下次再约个时间，商量下吃点啥。"但如果不幸被逮到了，便会挨鞭子。挨完打，小和尚们回去还会议论下："怎么样，对你下手重不重？"也有的人说："这次被教训了，不值得，下次不干了。"

在寺院里，僧值有权力制定一些合理的规矩。有届僧值就曾颁布了一项纪

小喇嘛的“学”与“乐”

律：凡第一次偷跑出去的，挨顿抽，再罚五十块钱；凡第二次偷跑出去的，挨顿抽，再罚一百块钱；第三次就没收摩托车。

“够狠的，打完还要罚，罚得比我吃得还多，罚不起，咱以后别动这心思了。”小师弟们吓得再也不敢出去了。

法外开恩

几乎每一个新来寺院的僧人，都是要被僧值的皮鞭狠狠抽上几回，才能记住戒律的。寺里一位年长的老师父，出家很多年了，为人很温和，平时也很照顾我们，经常给我们传授经验：哪个僧值比较严厉，哪些错误可以犯，哪些错误一定不能犯，犯了错误之后，应该怎么做，才能受罚轻一点儿……

我们刚出家的时候，都很害怕僧值，他就告诉我们：“不要怕，僧值也不是完全不近人情的。”他还给我们讲起了自己很多年前的事：

有一次，他偷偷买了把吉他在寺院里弹，正弹得陶醉，僧值进来了。他非常紧张，马上停下来，伸了下舌头，用颤抖的声音对僧值说，“请进来坐，吃点儿东西。”僧值没说什么，转身走了。他暗自窃喜。

第二天上殿，师父们念完经，准备起身离开时，僧值说，“师父们等一等，我有事情要说一下。”僧值大声喊着他的名字，在大殿上说，“寺院不是歌舞场所，如果你再这么做，不是你弹吉他，而是我弹你！我会把你扒光衣服扔到寺院外面去。今天看在你年长的份儿上，就放你一马，别再出现第二次！”

老师父对我们说：“那时候，我心里想，还不如当场打我一顿呢！”

事后，他跑到大殿门口向僧值请假。僧值冷冰冰地问他：“干吗？”他说要把吉他送回父母家里。僧值说：“可以，给你两个小时的时间。”

老师父的家距寺院有十多公里路，来回二十多公里，他知道时间很紧，一路上，拼了命地踏自行车。回到家，只说了两句话，连口水都顾不上喝，又蹬着自行车往回赶。那个时代，还没有摩托车，大家出门的交通工具都是自行车，他只好在来回二十多公里的路上，上演了一回飞车绝技。

回到寺院，扔下自行车，满头大汗地跑到僧值那里报到，但还是晚了一些。他喘着气，赶紧解释。因为那时他也刚出家，还是个小和尚，胆子还小，一边解释，一边想：这下麻烦了，要受处罚了。

僧值看他满头大汗，全身像刚洗了淋浴一样湿漉漉的，便请他坐下，给他倒了一杯茶。

“其实，僧值有时还是讲些人情的，他肯定知道我已经尽力了，所以就法外开恩了。”老师父很多年后回忆起这件事时，脸上还洋溢着一丝欢快。

寺院的戒律是很严，但是戒律的目的是用来帮助僧人在修行的道路上完善行为举止和人格品德。比起约束僧人的身，戒律可能更重要的是收摄僧人的心。

鬼故事

有的时候，寺里的师父们会在晚上一起讲鬼故事取乐，我本来不想参加，可是每次都是硬被拖了去。真的感慨，大家的想象力怎么如此丰富呢？听得我毛骨悚然的。

记得有一个鬼故事是这样的：附近村里有个老汉走夜路时，虽然明月当空，心里还是有点儿紧张。当他来到离村子不远的地方，远远看到有个东西蹲着。他在月光下看不清那是什么，给自己壮胆：“别自己吓自己了。”就接着向前走。再走近一点儿，他看到那仿佛是个人，还在不时地摇晃。再细细看去，好像是个老太婆，披头散发的。他想：“应该不是鬼吧。看谁收拾谁！”他跑上前去用力一抱，原来是棵荆棘树，扎了他一身。

还记得当初讲这个故事的师父，故意压低了声音，营造出一个惊悚的氛围，一旁听故事的人都屏住呼吸，很害怕的样子，结尾听到原来是棵树，大家又都长吁一口气，哈哈大笑起来。

我想，可能是人一紧张，就很容易把未知的东西想象成鬼，很多时候都是自己吓自己吧!

寺里有一个小师父，虽然胆小，但很爱讲鬼故事，而且他的鬼故事讲得总是绘声绘色的：

一天晚上，一个小偷出去偷东西，那天运气不是很好，什么东西都没有偷到。他垂头丧气地走在回家的路上。夜晚的街上，是死一般的寂静。小偷经常走夜路，按说应该习惯了，不应该害怕才对。可是，那晚他总感觉身后有人跟着自己，他回头看了几次，没有人，但是继续走，又能听到身后的脚步声。

小偷开始有些害怕了，心跳一下子加快了，他把步子迈得更大了，希望能快一点儿到家。他能清楚地听到，身后的脚步声也加快了频率。

他回头一看，“噌！”的一下子拼了命地跑，因为他看到鬼了。可是，人怎么能跑过鬼呢？还没跑出一里路，他就被鬼逮到了。

鬼并没有伤害他，原来他们是同类，还有很多共同话题呢。他们俩聊得很投机，渐渐的，他的恐惧也没有了。

小偷和鬼交上了朋友，因为他们都没有正经工作，所以经常一起饿肚子。一次，他俩又饿肚子了，鬼说，“要不，我们去找点儿吃的吧。”

小偷心里想，鬼比人神通广大，一定能弄到吃的，就让鬼去找吃的。

鬼去了很久才回来，小偷一看，鬼什么都没带回来，觉得很奇怪。鬼说，“等着吧，就快有吃的了。”

为什么要等呢？小偷更加想不明白了。

鬼接着说，“我刚偷偷潜入一家院子，给他们家牛的蹄子中间夹了一块石头，过一段时间，那个石头就会磨损牛的蹄子，牛就会慢慢死去。牛死了，我们就可以吃牛肉了。”

鬼对于自己的聪明脑袋很是满意，小偷听完后，一脸的不屑，对鬼说，“你等着，我出去一下。”

小偷再回来的时候，手里提着一只牛腿。鬼见到这一幕，吓呆了，连呼几句，“你是魔，你是魔！”疯疯癫癫地跑了。

你说，到底是鬼可怕呢，还是人可怕？

老师父去西宁

土登寺地处偏远，寺里的僧人一般也都很少有机会出远门，最多也就是几个月去一次州上或者县里。

记得很多年前，寺里的一个老师父去了一趟西宁。回来的那天，一群小和尚跑去寺门口迎接，把他团团围住要礼物。老师父笑呵呵地说：“我第一次出远门，没有把自己走丢已经很不错了，哪里还认得人家商店的大门啊。”其实，大家也不是真的去要礼物，只是因为老师父为人很和蔼，小和尚们喜欢和他玩。还有就是，大家都很好奇西宁是什么样子的，都很想听老师父给他们讲讲去西宁的见闻。

老师父在我们寺院也算是比较年长的一位了，他一辈子没有出过远门，去过的最远的地方就是玉树州。这一次去西宁，是寺里的另外一个师父当司机，陪着他去的。

想着老师父这次去西宁，肯定有很多有意思的事情，大家都拉着他讲故事，他指着开车的师父说：“这人不行。”

那师父说：“怎么能说我不行呢？我还请你吃饺子了呢。”老师父一直嘿嘿笑，具体怎么回事，并不解释。

土登寺“全家福”（当时秋英多杰仁波切已圆寂）

开车的师父当时三十来岁，是个高个子，他也在那里捧腹大笑。大家就更好奇了。

开车的师父说："我怕老师父一个人在西宁迷路，不安全，就陪着他。"说到这里，老师父在旁"哼"了一声，说："你哪有那么好心，把我戏弄了一番。"大家问是怎么回事，开车的师父说："走着走着，我们觉得有点儿饿了。老师父也说想去吃东西。我就对他说，'你到东边的那家饭店去等我，我请你吃饺子，我先去西边上个厕所。'老师父说，'好的。'然后就乖乖地往东边走去了。接下来让他自己讲吧。"

老师父说："我就乖乖地向东边那栋房子走去，在门口被一人拦住，'两毛钱。'我还心里犯嘀咕，这还没吃饭怎么就先要钱啊，我用藏语跟那人说，'我要去吃饭。'那人也没听懂，就是反复跟我说，'两毛钱。'我想看看门口的招牌，也不认识汉字，觉得这地方怎么这么奇怪呢？还没吃饭就要收钱。交涉了好一会儿，我们两个互相都听不懂，那人就是拦着不让进，最后我只好无奈地掏了两毛钱进去，一看里面，竟然是个厕所！我马上出去找他，"老师父指着那位开车的年轻师父，"不见人，我就有点儿紧张了。后来走到他说要去上厕所的地方，原来那里才是饭店，他在那里面，笑得直不起腰了，还问我饺子好吃不。我说，我当你请我吃饺子，原来是请我上厕所啊！"

一群小师父都问："老师父生气了吗？"

那位开车的年轻师父说："他没生气，也在那里笑。"

大家都说："老师父的脾气好呀。"

年轻的师父说："什么呀，我已经真给他叫了一盘饺子，就在手上捧着呢。"

大家都笑了起来，老师父说："好了，礼物已经送给大家啦。"

供　斋

在藏地，每逢村民祈福，或者是节庆日，或者是寺院收到供养，抑或是有人去世、亡者家属来寺院供养，这些时候，寺院所有僧人都要到大殿集体念经，我们称之为“供斋”。

供斋的日子，每天早上，僧人各自在自己的屋里吃早饭。八九点钟的时候，海螺声或者锣声响起，僧人们开始陆续往大殿方向走去。

在藏地，寺院召唤僧人集合的方法大致有两种：敲锣和吹海螺。锣要前后敲三巡，先敲几下后停顿一刻，过一会儿再敲，间隔时间渐渐变短，锣声渐渐急促。第一声意味着寺院召唤，后面的声音则带有催促的意思。相比于敲锣的间隔形式，吹海螺的要求更为规律严格，第一巡和第二巡之间的间隔时间较长，第二巡和第三巡的间隔时间较短。在我们寺院，吹海螺时有特殊的要求，师父们是要穿靴子上大殿的，因为有可能要诵一天经，所以碗也要带上。这碗，一般要求是木碗，不允许带陶瓷或者金属碗，这是传统。

海螺声响过三巡之后，全寺所有僧人都已集聚大殿，这时便开始了一天的诵经供斋法会。集体诵经，从早上一直持续到下午五六点。其间，每诵一两个小时，会有十五分钟左右的休息时间。午餐和晚餐，一般都是由施主们供养的。

有一次供斋，一个在家的老施主来寺院里给我们做饭，他做饭很有经验，以前常常来供养僧人。那天，午餐很丰盛，大家都吃得很饱。不一会儿工夫，锅就见底了。

这时，几个小和尚又把碗伸过去：“老叔，还有没有，再给我添点啊！”老汉马上很不好意思地摸了摸头，伸出舌头，合掌说道：“师父们，向你们忏悔，今天饭做少了。等一下，我马上去买方便面来给大家泡。”

小和尚故意逗他说：“没有就算了。来来来，我们把饭后的布施念完，就休息了。”大家又念了起来。

刚洞，藏语又称冈令、扎令，汉族称法号、喇嘛号，从古代角类乐器演化而来，为藏传佛教法器之一。铜制刚洞发呜呜音，音色粗犷，音量甚大。常同时使用两支吹奏，先轮流独奏，后再合奏，其乐有召神之意。主要用于喇嘛寺院诵经、羌姆表演和宗教仪式等场合，是藏传佛教大型寺院常用的宗教乐器。

僧人在吃糌粑

老汉站在门口，一脸的虔诚："师父们，我忏悔，饭没做够。晚上我一定多做。"这时，一个年龄稍长的师父马上摆摆手说道："不要多做，你中午做得刚刚好，也很好吃。他们只是看你平时为人和气，所以刚才故意和你说笑呢！做多了，吃不完，就浪费了。那可是罪过啊。晚饭就按中午的分量来做就可以了。"

老汉这才放下心来，嘿嘿一笑。

受戏弄

刚来土登寺的时候，我和大家还都不熟，大家都说我很腼腆，我也不好意思主动找师兄们聊天，拉近距离。

记得有一次，僧值派我和几个师兄去寺院附近的村子拉一些牛粪回来，给寺院过冬用。这期间还被几个师兄戏弄了一番。

汉地的朋友可能对牛粪不是很了解。牛粪在藏地是天然的燃料，而且比较环保，烧完后不会污染环境，所以在藏地，牧民们都把自己家的牛粪积攒起来当柴火用。有些人，还把牛粪拉到镇上或者州上去卖，因为州上的人都没有养牛，所以他们没有牛粪。

我和几个师兄是开着大车去拉牛粪的，车当然不是我开，我还小，不会开车。开车的是其中一个师兄。

到了村子，我们下车后，一个师兄提议说，大家分头到农户家去找牛粪，收集完后，自己把牛粪拉到我们的大车前集合，然后统一装车。

我一个人挨家挨户地去询问有没有牛粪，我是第一次出来干活，心里还有些担心，怕遭到拒绝，怕没面子，更怕最后没有拉到牛粪，僧值回去打我。走在路上，我的心是七上八下的。

后来，我发现很多村民都从家里出来，在门口等我。他们主动上来问我，是不是土登寺的出家人，问我是不是要牛粪，我羞涩地回答他们后，他们很快帮我把牛粪都装到我的小推车上。干完活后，还热情地请我留下吃饭。

那时已是中午，我肚子确实饿了，也就没再推辞，留在农户家打算和他们一起吃午饭。可能是因为我突然去的缘故，他们没有时间准备好我的那一份午饭，女主人赶忙要去给我重新做，我怕给人添麻烦，赶紧推辞说自己不饿，要急着赶回寺院。

从这个村子出来后，其他几个师兄问我："刚才吃饭了吗？"我摇头说道："我打算到下面那个村子买些小饼干吃就可以了。"师兄们看着我，都在抿着嘴笑。

到了下一个村子，我去的那家人又留我吃饭，他们很热情地端出了肉和麻花，给我盛了满满一大碗酸奶，加了很多白糖，摆了很多丰盛的食物在我面前。我饿得不行了，就不管不顾地大口大口吃着。刚吃了几口，就听寺院的车喇叭响了起来。我们约定好，走的时候会按喇叭。我就赶紧放下碗，对主人说："车要走了，我得回去了。"我扔下碗筷，谢过了主人，就要朝大车子奔去。主人还追在我身后喊着："你还没有吃完呢，吃完了再走嘛！"

我也是边跑边回头向他们喊去："我不饿，我刚在上面那个村子已经吃过了，我要回去了，谢谢你们。"

我气喘吁吁地跑到我们的大车前，看到他们还在装牛粪呢，并没有要走的意思。几个师兄看着我，问我："吃饱了吗？"我没吭声。他们一起哈哈大笑："快回去吃吧，我们逗你玩呢！"

我都已经给人家说，我吃过了，不饿了，现在还怎么好意思再回去呢。那天我是饿着肚子回的寺院。

恶作剧

我们寺里有几个师兄弟特别调皮，经常在一起玩得特别疯，还时不时地搞些恶作剧。真像是长不大的孩子。

他们几个人聚在一起很会闹，白天讲些鬼故事，晚上就装神弄鬼吓唬人。有一天晚上，他们几个人穿着一些奇奇怪怪的衣服，来到一个小师弟的住处。小师弟住在二楼，他们一个人站在下面，把另一个人托上去，趴到师弟二楼的窗台上，发出些凄惨的叫声，小师弟迷迷糊糊中睁眼看到窗台上的黑影，吓得惨叫。他们得意地哈哈大笑。

调皮的师兄弟们，总是爱捉弄新来的小和尚。倒不是说故意欺负，他们只是贪玩而已。因为新来的小和尚一般都年纪小，还特别胆小，捉弄他们能起到预期的效果。再者，年长一点儿的师父们对他们这些捉弄人的把戏都见识领教过了，玩起来也就没什么意思了。

有一次，听说寺外的一个居士生病了，仁波切叫我们给那位居士送粮去。大家就把这个任务推给一个刚出家的小和尚。小和尚刚来寺里不久，对一切都还不熟悉，既不认识那位居士，也不认识去他家的路。当然了，跟寺里的师兄弟们也不熟，安排的活也不敢说不去。

小和尚牵着一匹马，准备上路了。那时候还没有摩托车，只能骑马出行。

几个调皮的师兄弟一起商量，准备吓吓小和尚，说要把他弄哭。

他们热情地亲自送小师父出门，帮忙把东西装到马上，然后几个人拉着小和尚的手不放开，假装语重心长地说："你第一次出远门，要注意安全啊！路上一个人，我们不放心你啊！"趁人不注意，赶紧把口水抹到脸上，装作泪流满面，"我们舍不得你啊！"

其实也没有多远啊，就十来公里路嘛！

这时，还有人陪着唱起了双簧："你别这样，这个事情，只能交给他了，我们不放心也不行啊。”把气氛搞得凄凄惨惨戚戚。小和尚本来年纪就小，且从未出过远门，听他们这么一说，心里估计也是很怕的呢！

就这样，小和尚走出寺外几百米远，突然哭着跑回来了：“我不走了。”惹得大伙儿一阵大笑。

后来小和尚也成了大师父，回忆起多年前的事情，他还耿耿于怀：“你们真是太没有道德了，当时我还那么小，你们就欺负我，我太可怜了。”

“你现在还纠结啊？”

“纠结得不得了！你们竟然取笑我，嘲笑我智商低，我现在都有心理阴影了呢！”

看他一副委屈的表情，我只好认真劝慰，没想到，他竟然忍不住先笑了，其他师兄弟们也都大笑起来，我知道这次又轮到自己被他们耍了。

寺里的师兄弟们就是这样爱捉弄人，总是喜欢胡闹，闹完哈哈大笑后，不一会儿又都乖乖地坐回蒲团。

星空下的僧侣

汉地很多僧侣居士初到土登寺时，都被这里的灿烂笑容、追逐打闹吓坏了，觉得这里的僧人不像僧人，“就是一群长不大的孩子嘛！”看看这些年轻的孩子，再看看那些庄严的大殿，满脸的疑惑和忧虑。

其实，寺里的小和尚们虽然年纪轻，有时候贪玩，但有时他们也很深沉，他们爱佛法，爱读书，爱思考，甚至经常在闲聊的时候突然就深奥起来了。

记得一年夏天，寺里的一个师父晚上常常在院子里打地铺。其他人见了都觉得奇怪，就问他：“晚上睡在院子里不冷吗？”

“不冷！卧于星空下，数那满天的星辰。天为衾，地为褥。”他还故作高雅起来了。旁边的几个小师弟们才不接他的招呢，故意扫他的兴致，“你不会是晚上睡不着，无聊了，就出来数星星吧？我听说，从前我们村子里有个老太太失眠，就躺在院子里数星星，从东数到西，又从西数到东，消磨时间。”

“她数了多少颗？”另一个插话问。

“谁知道呢！满天的星星，谁能数出来呢？”

又来一个凑热闹的，接着话茬说：“老太太一条腿都已经迈进阎罗殿里了，不知道自己剩下多少寿命了，还躺着数星星呢。有这时间，还不如好好念念经。你也是，有那时间，还不如去好好打坐。仁波切不是说了嘛，让我们精进修行。”

好好的一个吟诗弄月的气氛，被几个捣蛋鬼就这么七嘴八舌地破坏了。看星星的师父终于忍受不了，说：“你们真是焚琴煮鹤，不懂风雅。你怎么知道我没修行呢？仁波切不也说了嘛，我们要让自己的心情愉悦。我快乐地念一句上师，说不定比你念一百遍还要好。今晚你们也去外面躺一躺，用我的境界、情趣、状态去看一看星空。”

“我们这里满天的星星，天天看，有什么可稀奇的呢？没意思！”

看星星的师父说：“真是没情趣，没境界。就到这里了，大家喝茶喝茶。”他给每个人倒了杯茶，唯独略过了说没意思的那人，还对他说：“你喝水吧。”大家见状，又大笑起来。

我也跟着笑了，因为这群可爱的师兄弟们，因为他们的风雅，因为他们的无趣，因为他们的随意，因为他们的故意……

突然想起了康德的那句名言：有两种东西，我对它们的思考越是深沉和持久，它们在我心灵中唤起的惊奇和敬畏就会日新月异，不断增长，这就是我头上的星空和道德定律。

土登寺的僧人们，大概永远也不会成为像康德那样光彩熠熠的人物，也不会像康德那样冥思苦想，但是我们每个人的头顶上都有自己的星空。

管家要辞职

曾经有一次，寺里的管家要闹辞职，当时全寺上下都悄悄议论呢！

管家，是看管我们寺院东西的僧人。寺院的每一个东西，管家都登记在一个小册子上，大到大殿佛像，小到杯碗碟盘，谁要用，都要找管家借，就算是寺里公用，那也要记录，并说明归还日期。

管家是从僧人中选出来的。以前有一个师兄，没当管家之前，人还是很和气的。我们年纪相仿，常在一起聊天，关系都不错。但自从他当了管家之后，简直就是变了一个人。有时候，想去借个东西，请他通融一下，想起他那张板着的脸，就会有些发怵。

记得他离任的时候，把寺里所有的东西全搬到了院子里，当着所有僧人的面，一一清点。少一样东西，管家都得做出解释。

不知道这个传统从什么时候开始，反正我们寺里的历届管家都是如此，很严厉，也很尽职。也许正是因为这样，十多年来，寺里没有丢过一件东西。

那次管家闹辞职，据说，是和僧值有关。

僧值去找管家借用东西，管家不给："你上次借用的东西，还没有归还呢。"

"我还没用完，等用完了，给你送过来。"

"我看过了，你没有用。"

"好吧，那你先把这个给我，那个我一会儿就给你拿来。"

"不行，你先把那个拿来。"

僧值有些不悦了，从身份上来说，僧值比管家职位高一点，相当于"领导"级别。管家看出僧值的不悦，从抽屉里取出一大串钥匙，往桌上一扔，"我不干了，这个工作我干不好了，你作为僧值，都不守寺规，其他人我就更不好管了。所以，钥匙给你，我辞职。"

后来僧值一直追着管家道歉，请他把钥匙收回去，并保证很快归还借的东西，这样两人才和好如初的。

后来，管家的任期满了，需要清点物品与寺院交接。可是那时候，还有一条外借的毯子没有收回来呢！那是仁波切的一个侍者借走的。管家就去找侍者，想要回毯子。

“我还用着呢！”仁波切的这个侍者见管家来催，还很不高兴。

“这是寺院的物品，请你尽快归还。”

后来，又过了几日，管家又去找侍者要回毯子，可是侍者这时却很轻描淡写地说了一句“不见了”。

管家很生气地说道：“在哪儿呢？你必须还回来。”

侍者说：“至于吗？不就是条破毯子吗？”

这话不说还好，一说，管家彻底怒了：“就是破毯子，你也必须还回来！自己的东西看得好好的，公家的东西就能这么轻视吗？我今天必须要回这条毯子。”

那侍者说：“那我赔还不行吗？”

管家说：“不行，必须是那条毯子。你要拿不出来，看我怎么收拾你！”

其他师父知道以后，纷纷来劝和，对管家说：“我们知道你很尽职，不过事已至此，就算了吧。”可是，管家是出了名的严厉，大家的劝说自然是无用的。

后来，仁波切知道了这件事，对管家说：“管家师父，这件事情是侍者的错，我代他向你道歉。你慈悲，这次就算了，让我来赔吧。”

管家自然是不会让仁波切来赔偿的，后来他自己掏腰包，买了一条全新的毯子还给寺里。

僧人之间的矛盾

僧人也是人，是人就会有矛盾。尤其是刚进寺院的年轻一点的小和尚们，偶尔闹个别扭，是常有的事情。

上了年纪的老师父之间要是有了什么矛盾，其他人都会赶忙劝和："大家不要吵嘛，都是一家人。"

小和尚要是吵架，没人管，因为小孩子经常是上午还打得鼻青脸肿的，下午就抱在一起，成了好朋友了，他们年纪都还小，不懂得记仇。

我们土登寺的僧人之间还是挺和睦的，至少我来寺里十几年了，没有看见谁和谁脸红脖子粗过。

僧值是寺院里管戒律的，也是维护和平的，他生怕我们之间闹矛盾、不愉快，所以经常给我们训话："我们大家共同生活在一个寺院里，共同上一个大殿念经，虽然大家都是师兄弟，但是比亲兄弟还亲。我们在一起的时间远远超过和亲兄弟在一起的时间，所以大家不要闹矛盾，有什么问题，可以当着大家的面说出来，我们一起解决，大家都要和和睦睦的。年长的师父，要多学习学习年轻的师父，不要把事情记在心里；年轻的师父要多学习年长的师父，要成熟懂事点。"

每当僧值讲这些的时候，我们就私下里笑僧值是杞人忧天。

仁波切也经常为我们的和睦相处而感到欣慰。他常常说，跟随他的这些侍者们，最短的十年，最长的都几十年了，可是侍者之间，连拌嘴都没有过，更别说吵架闹别扭了。

我也是一个侍者，其实，我自己也觉得没有什么可吵的，我们几个侍者之间很少会定什么规矩，最多会说，第二天要干活，手头没事的来帮忙。大家也有了默契，没人会偷懒，相互之间都会搭把手，更不存在什么抱怨不抱怨的。干了一天活，侍者们都觉得是为上师、为大众服务，把这当作一种消业，一种积福，一种修行。也正因为有这种心态，所以常常能听到我们几个侍者一起干活时爽朗的笑声和道歌声。

你是来拉帮结派的吗?

前几天，一个附近寺院的小和尚来找我聊天。我们以前也经常见面，现在已经是朋友了。

小和尚好像很不开心，我问他怎么了，他半天也不理我。后来，突然说了一句：“我现在都不知道该站到哪一队去了。”这话把我说得是云里雾里的：什么站队不站队啊？站什么队啊？

他给我讲，他们寺院的僧人，三五成群的，现在分了好几派。他不知道该加入哪一边，现在很痛苦，感觉自己不选择的话，就要被大家孤立了呢。

我听后很惊讶，因为我们寺院从来没有过这种事情。我们师兄弟之间都很要好，没什么隔阂。

听到他这么讲，我第一个反应就是，也许是他理解错了呢。

“同是一个寺院里的，有些人因为爱好相投，就走得近一点；有些人因为性格相近，而经常往来；有些人因为沾亲带故，所以关系密切。这很正常啊。他们之间可能没事，也不一定分成了不同的派别，大家就是因为个人原因，私底下有几个要好的朋友而已，你非要觉得人家是拉帮结派，而且自己还不知道该站在哪一队。我觉得，你有些自寻烦恼了。你想想，你来寺院，是拉帮结派来的，还是学习佛法来的？”

“当然是学习佛法了。”小和尚立即提起精神为自己辩解。

“那不就结了嘛！我教给你一个方法，你以后见了这个人笑，表示友好，见了那个人，你也笑，因为你并没有恶意啊，你也是欢喜的啊。大家在一起的时候，你不要互相带话，不要老揣摩别人的话外之意，不要胡思乱想，高高兴兴地对每个人微笑，好好求法、修行，管好自己，别人的事情与你有什么关系呢？不管谁需要帮忙，你都行个方便，时间久了，你和大家就都能相处得很融洽的。”

跟在仁波切身边久了，慢慢感觉自己也能开示别人了，心中窃喜。

喇嘛脸上有写着“好人”吗?

有一次，一个汉地的居士兴冲冲地跑来对我说，他前几天在北京见到了一个藏地的喇嘛。那喇嘛拿着他们寺院被烧毁的照片在化缘，这个居士说：“我还给他们寺院捐了钱呢。”居士满脸的兴奋，觉得自己做了功德。

我拿过照片，端详了一会儿，轻声说了句：“是真的烧了吗？”

他好像没有想到我会问这个，半天没反应过来，接着说：“应该是真的吧，他们都是藏人啊。”

我说：“藏人的脸上都刻着‘好人’两个字吗？”

“他可是喇嘛啊！”居士还是深信不疑。

“喇嘛就一定不会骗人吗？就一定都是好人吗？不要遇到一位好的出家人，就以为所有出家人都是好的；也不要遇到一位不好的出家人，就以为所有出家人都是不好的。”

想了一会儿，他又说：“他还拿着寺院被烧毁的照片呢！”

我说：“汉地的人都崇尚孝道，不是还有人拿着爹娘的骨灰要钱吗？”

他说：“即使是骗子也没关系，我也没给他多少钱。”

我说：“但愿这次的事是真的，但愿他不是个骗子。即使是个骗子，也不要被你发现。不然，下次如果真的有寺院被火烧了，有出家人拿着照片来找你化缘时，你第一个想法就会是‘骗子’！所以，下次可以先了解一下情况。”

本以为做了一件大功德，兴高采烈的，被我这么一说，居士突然一副怅然若失的表情。我可能说得太残酷了，破坏了他心里的美好，但我觉得，给他一个警醒也是有必要的，免得日后因为遇到骗子而对佛法产生怀疑，那样就太可惜了。

其实，关于骗子的事情，我见过，也听说过很多。以前跟随仁波切去云南的时候，就听说过一个故事：有一个藏人欠了很多债，没有能力偿还了，索性把头一剃，找来自己家里的两个亲人，一个扮小喇嘛，一个扮侍者，他穿着一身活佛的衣服，就到汉地来“弘法”了。在汉地走了一圈，回到藏地后，他不仅把账都还清了，而且还买了车，盖了房。

还有一个朋友，一天跑来跟我聊天说，自己前几天被几个和尚给骗了：“他们都穿着藏地僧人的衣服，在路上遇到我，非要拦住我给我卜一卦。卜完后，他们说我有灾，必须念个什么经来化解这个灾，念这个经要花多少多少钱，我不信，就给了他 50 块钱。”

“你不信还给了 50 块啊！真和尚你有没有给过 50 块呢？”我听后很生气，“你们不应该惯着这些人，让他们继续骗人，还损害我们佛门的名声，让大众对我们产生什么误解。”

大家有善心是好的。但是不能见了光头就以为是僧人，不能见了穿着喇嘛衣服的，就以为是藏地的喇嘛。如果大家真的遇到僧人来化缘，你可以很恭敬地问他：“师父，你是哪个寺院的？你们寺院在网上能找到吗？你们寺院有公共账号吗？”回来后，自己在网上查找一下，再到银行去核实一下账户信息，如果是真的僧人，那大家可以发动自己身边的亲朋好友来一起做善事，如果没有这些信息，那我劝大家就不要捐钱了。

穿破皮袄的老和尚

大概是 2000 年的某一天，一个穿着破旧藏皮袄的老先生来到我们寺院，要见仁波切，被站在门外的小侍者拦住了。这个小师弟心里纳闷儿这样一个奇怪的人是怎么进来的，便对旁边的老侍者们说道：“你们怎么让这个人随便进去呢？”

老侍者们说道：“你谁都可以拦，就是这个人不可以拦，小心被他训一顿。”

小侍者问：“他是什么人呢？”

老侍者们说：“他是个老和尚。”

小侍者奇怪道：“那怎么穿成这样呢？”

他们答道：“那谁知道呢！”

小侍者随着那老人进去。老和尚顶礼的时候，仁波切忙说道：“不用磕头，不用磕头。”又交代小侍者：“拿张凳子给老人家坐。”老和尚连说几句“不要、不要”，便一屁股坐到了地上。

仁波切仔细看了看他，说：“你这套衣服穿得蛮有个性的。”

老师父说道：“有个孤寡老人对我有些信心，前些日子走了，这是他的衣服，我替他穿着。”

仁波切说道：“哦，看来那老太太很有福气啊。您可是一位真正的修行人啊，您可不像我辈，沾染世间八法，坐高广大床，穿着光鲜。”

听着他们两位的对话，在一旁的几个侍者都是一头雾水：仁波切什么时候也成了小和尚了？在我们镇上，还有谁比仁波切更德高望重呢？这个老和尚究竟什么来头？

后来，年长一点的师兄告诉我们，这个老和尚是宗果寺的昂文格莱老师父。

这位老和尚和仁波切开心地聊了很久，很晚才回去。

听说这个昂文格莱老师父原本是宁松村人，新中国成立以前在宗果寺出家，“文革”时期还俗回家，后来新中国宗教政策恢复后，寺院请老师父回去，对他说：“您喜欢上大殿就上大殿，不喜欢上就不上。您喜欢待在寺里就待着，不喜欢就不去。”老师父把僧人们狠狠地训了一顿：“我不要享用信财亡财，想害我啊？你们安的是什么心？”师父们也就不说什么，对他还是很恭敬。

老师父一直住在村子里，再也没有回寺院。

村子里的人对老师父都很尊敬，经常送去一些吃的用的之类的生活必需品。老和尚便会训斥他们道：“我是个要饭的吗？我需要别人救济吗？你们是什么意思？”

但是，村里的人还是会在他捡树枝的时候，偷偷去拿给他一袋牛粪。如果他真的需要帮助了，他也会先给别人做一个祝福，然后只拿一袋，多一点都不要。

大家都希望得到他的祝福，因为他是一位真修行人。不过，在我看来，真的是一个倔老头。

那些看云卷云舒的日子

有一年，土登寺举行法会，寺里一下子来了很多僧人和俗家弟子，有本地的，也有从汉地远道而来的。突然来了这么多人，寺里都住不下了，我和好多师兄弟就把自己的住处借给来参加法会的客人，然后，高高兴兴地跑到扎西岭去住了。扎西岭属于土登寺的教区，离土登寺并不远，而且那里还是仁波切的闭关之地呢！

扎西岭的风景真的很美！一片碧绿的草甸上，我们几人仰面而卧，看湛蓝晴空中飘来的朵朵白云。

大家好像都很享受这样曼妙的时光，行动姿态也是各异，有的盘腿打坐，有的披单覆面呼呼大睡，有的仰头观云，有的手舞足蹈唱着道歌。

偶尔，会有一人叫起来：“快看那云，像不像什么什么动物？”然后大家便都齐刷刷地望向天空。

呼呼大睡的师兄一骨碌爬起来，看了看，说：“不像嘛！”

“现在已经变了。你这和尚咋当的？佛说，三界无常如秋云。已经变了！”

几人一会儿看看天空，一会儿低头叽叽喳喳，议论一番，很是热闹！

确实，有些云形似山，有些云形似虎豹，有些云又形似草木房屋。大家感叹着大自然的种种形态和变化，议论的声音此起彼伏。还有些人来回看，把头都看晕了。

过了一会儿，又有人说：“我们来看看这山上长着多少种花草吧！”

“天晓得，这漫山遍野都是绿草和花朵。”

“我们来数一数，大大小小都有哪些吧。”此话一落，大家便一边东张西望，一边掰着指头数开了。

有一个师弟摘了一朵花，兴冲冲地跑向大家，说：“看，数漏了吧？还有这个呢。”

另一个师兄不悦了，教训起小师弟了：“古人说了，花草茂盛，善神欢喜，善业增长，风调雨顺呀。不要摘花了。”

“这满山的花草，你有什么可吝啬的呢？”竟有人帮小师弟说话呢！不过，这一说倒好，大家瞬间忘了数数，全都参与辩论了。

“戒律里面说，我们出家人不可以随便折摘花草的。”

“你把佛都抬出来了，那我已经摘了，怎么办呢？”

“大恩上师不是说了嘛，随时随地都可以供佛，若谁具足恭敬心，佛陀即在彼人前。你就供佛吧，咱们都供佛吧！”

一时间，便见面前空中花雨缤纷，还伴随着“拉嘉罗！”的欢呼声。“拉嘉罗”是藏地人民祈愿时的一个口号，表达了我们愿诸神得胜，守护善良的人民的美好愿望。

一起去洗衣服

从前，水库的水管还没有引到寺院的时候，每逢天气晴好，寺里的师父们都会互相邀约，结伴到寺院东边不远处的小水电站去洗衣服。当然，去之前，是要向僧值请假的。僧值知道我们去洗衣服，大多时候是会批准的。但如果去洗衣的全是小和尚，僧值就未必会给假；如果去的人少，僧值也会规定回来的时间；如果洗衣的人多，僧值可能就会多给我们一点时间。

一说洗衣服，响应者众多。仁波切时常教导我们："衣服可以不是新的，但是要干净一些，自己穿起来舒服，别人看上去也整洁。养成卫生的生活习惯是有益于身心健康的。"所以我们全寺上下都是蛮讲卫生的。

不过，千万不要以为大家这么兴高采烈地出去洗衣服，仅仅是因为爱劳动、讲卫生，其实是另有隐情的。

因为，洗衣服对我们来说，也算是个小假期呢！出了寺院，总给人放假的感觉，想着还可以去玩水，那心情就不用说了。

真不知道他们是出来洗衣服的，还是出来游泳的。他们洗衣服的速度，那都是相当快的，还没几刻钟，一大盆衣服都洗完毕，然后几个人便游泳戏水去了。

也有些人会认认真真地把衣服洗完，摊晒好，然后再去玩。但大部分人都是随便刷刷，就玩起来了。

寺里的老师父们也喜欢和我们年轻人一起出来洗衣服，一起到河里玩耍，你给我泼，我给你泼，追逐打闹，一直到很晚。

有时候回去晚了，还要被僧值训一顿，不过那也不会影响大家一天的好心情！

贪玩是人的本性，不要以为僧人每天只会坐在大殿上敲打念经，僧人也有生活，自然也就有生活的心情。曾经有师兄把"和尚"戏称为"和谐社会的时尚达人"。虽说是玩笑，但是很形象地表达了我们的娱乐精神。生活、修持，对藏地僧人来说，并不矛盾。

去施主家做客

我们僧人虽然大部分时间都在寺院里，但偶尔也会外出。在外面的时候，都是各地的施主居士们供养，他们对我们很好，我们也很感激他们，有些经常往来的甚至成了朋友。放假或者办事路过的时候，我们就会去施主家做客。

有一次，一位大师父带着一个小和尚去玉树州，途中，两人突然感觉肚子好饿，于是，大师父就对小和尚说："走，我带你去吃顿丰盛的午餐。"

大师父带着小和尚去了一个相识的施主家做客。到了主人家，正好赶上午饭时间。这一家人见两个师父去了，很高兴，不停地说："欢迎，欢迎！师父们，你们来得正好，今天家里刚好煮了很多肉，一起吃吧！"

午餐很丰盛，主人炒了好几个菜，还有那一大盆煮好的肉。

大家就座准备开饭，大师父瞅见小和尚吞口水，便说："我们这小和尚非常了不起，一点儿肉都不吃，吃纯素。"

这家的主人听了说："是吗？真了不起啊！我们不知道这情况，没有做素菜，这可怎么办呢？"

大师父说："他可以吃饼干的。"

主人不好意思地说："那怎么能行呢？"后来，主人特意出去为小和尚买了方便面。

大家的午餐都吃得非常尽兴和享受，至少在小和尚的眼里是这样的。整个屋子到处都弥漫着饭菜和肉的香味，可怜的小和尚却只能吃着方便面。

吃完饭，告别了主人，大师父和小和尚继续上路了。没走多远，小和尚忍不住哭了起来。

大师父问他怎么回事，小和尚抽泣说："你自己吃好菜，让我吃方便面。"

大师父说："那你也可以吃啊，我又没有堵着你的嘴。"

小和尚哭得更委屈了，说道："我能吃吗？你跟人家说我吃素，主人也表扬我，我怎么好意思说真话，我总不能告诉人家说，你骗人吧？”

大师父脸一板问：“谁骗人？”

小和尚说：“你啊。”

大师父怒道：“就是因为你这样的语气和态度，我今天才给你一个教训。这不叫骗人，这只是个教训，教你以后说话做事要过点脑子。你开口闭口都说我骗人，谁听了会高兴？”

小和尚问：“不然我要怎么说呢？”

大师父说：“你可以选择说，‘大师父开玩笑呢，我吃肉的。’这样一来呢，既不会破坏气氛，而且大家也会觉得你很可爱。如果你今天在饭桌上，真像刚才那样说的话，只能使气氛变得尴尬，也会让大家觉得这个小孩缺乏教养。”

后来，大师父又带着小和尚去另一个施主家做客。这家主人招待两个师父，也非常热情，而且还给他们拿出不少糖果和点心。小和尚大口大口地吃起点心来，没一会儿，碟子便见了底。大师父对小和尚说：“差不多了，别吃太多。”主人说：“没关系，没关系，就让他多吃一点。”大师父很不好意思，自己都没怎么吃点心。

临走的时候，小和尚吃得肚子圆鼓鼓的，还不忘记再往自己兜里揣了些糖果，主人高兴地把他们送出门。走出没多远，小和尚就从口袋里掏出块点心，还问大师父：“你吃不吃呀？”

大师父很生气，说他：“以后你再也别想让我带你去施主家做客了！”

小和尚说：“为啥呀？”

大师父说：“你还不知道为什么？你把人家的点心都吃没了。”

小和尚嘟囔道：“那好吃嘛。”

“好吃也不能这么吃呀，差不多就可以了。上师怎么教我们的？要多站在别人的角度想一想。你倒是吃高兴了，也不给施主和后面的客人留一点，光顾着自己吃。什么时候你不会只想着自己，还能懂得为别人考虑的时候，我再带你出来。”说完生气地拿过小和尚手上的点心，掰了一块，吃着就走了。

但愿如此

一日，阳光明媚，我和几个师父一起坐在大殿门前的台阶上，晒着太阳，聊着天。

一位师父说："我最近听一位老人说，我们土登寺前面的那条小河，以前可是一条大河！而且夏天涨水的时候，人要骑着马才能过河呢！"

另一位师父说："他说你也信啊？未免也太夸张了吧。就这小河，再怎么涨，也能走过去，根本就用不着骑马。"说这话的师父，也算是个老师父了。他是我们寺院复兴后，最早一批出家的师父之一。

他接着说："和我一起出家的还有好几个，你不信去问问。我出家也有二十多年了，我记得刚来寺里的时候，河是比现在大很多，不过，没有你刚才说的那么夸张。"

"那位老人也不一定是在说谎啊。他可能是一位长者，他说的骑马过河，也许是五六十年前的事吧。五六十年前，是一条大河，涨水时要骑马；二十年前，河水变小，不需要骑马了；现在，曾经的大河变成了一条小河，也许以后还会有断流的可能。"

我想起了自己小时候也常去河里玩水，那时候的河水估计不是老师父说的那种水流湍急，但也不是今天的涓涓细流吧！什么都在变，时代在变，河水在变，我们也在变。

突然，有人说了句："现在人不是常说，一代不如一代嘛！大自然的环境我看也是一代不如一代啊。"

"我希望是越来越好，我们怎么能输给老一辈呢？应该是一代比一代强。"我说。

一位师父说："但愿如此啊。"

这时，不远处有人喊着："吃饭喽！"

“好了，好了，别聊了，都回去吃饭吧。”在一片叽叽喳喳的喊饿声中，大家各自回屋了。

尴尬的玩笑

在我们土登寺，僧人之间喜欢开玩笑，偶尔也会搞恶作剧，本来这都无伤大雅，大家只会把这些当成趣事。只是有些人经常不分场合地开玩笑，会让人很尴尬的。有位师父就是这样的，他经常拿我乱开玩笑，搞得我很多次都差点儿下不来台，我有些生气了，便对他说：“开玩笑要分人分事分场合的，不要乱开玩笑啊。”

他说：“你看仁波切也经常开玩笑，大家多高兴啊。”

我跟他说：“仁波切是非常有分寸的，只会让大家欢喜，而不会让人感到尴尬，这就是智慧。你开起玩笑来，会让很多人尴尬的。”

他还是一副满不在乎的样子，对我说：“我只跟熟人开玩笑，没事的。”

我说：“即使是熟人，也要分人分事分场合。”

他不耐烦地说：“哪有那么多事？你怎么这么啰唆啊！”

好啊，还嫌我啰唆，我被整惨了，能不啰唆嘛！我想明白了，对付他这种人，是不能用说的。

后来有一次，我和他，还有其他几个师父，一起去汉地办事。其间，有一位居士要请我们吃饭。当时，我们几个师父是走在一起的，居士过来喊着其中一位师父的名字，说：“师父一起去吃饭吧。”

经常拿我开玩笑的那位师父，连忙摆手说：“不去了，不去了，不用客气的。”

我在旁边淡淡地用藏语说了句：“你说什么不去呢？人家又没有请你，请的是别人，你自作多情什么呢？”他“唰”的一下脸就红了。

过了一会儿，居士偷偷问我："那位师父怎么了？表情那么怪。"

我说："我跟他说，你请的不是他，他不用推辞。"

居士马上说："师父怎么能开这样的玩笑呢？我是因为只认识其中一个师父，所以才喊了他一个人的名字，其实，我是喊大家一起去吃饭的。"

我走过去对那位爱开玩笑的师父说："居士说了，其实也是请你去的。"

居士在一旁，赶紧附和："对对对，堪布刚才是和你开玩笑的。我们一起去吃饭吧。"

他红着脸对居士说："不用不用，真的不用客气，我吃过了。"然后转过身来，用怨恨的眼神瞪着我，小声说："你这玩笑开得，我也太尴尬了吧。"

我故意大声回答他："那有什么可尴尬的，你不是说熟人之间开开玩笑没事吗？我跟你熟，跟居士也熟，大家都是熟人嘛！"我的话被在场的其他人听到了，大家都转头望向我们这里，师父羞得赶紧扭过头去，不敢看大家。

我这就叫：以彼之道，还施彼身。看他以后还敢不敢乱拿我开玩笑。

爱调侃的老师父

有一天，几个在家居士到寺院来帮忙，他们在厨房外一边帮忙干活，一边还不忘了和寺里的老师父闲聊。

有个人无意之中说起家里最近缺好多东西，都没时间去置办。老师父就赶紧插话说："我缺一台电视机。"

居士说："和尚看什么电视呢？也不怕耽误自己的修行。"

老师父说："和尚看电视耽误修行，那你们在家人看电视就不耽误干活了？我也不是整天都看电视，只是想着吃饭的时候，反正也干不了什么别的，还不如看看电视，了解些国家大事。我这是把平日修行以外的零碎时间充分运用起来，根本不会耽误修行。”

说起看电视，大家聊得更热闹了，居士们都很好奇地问：“你一个和尚，了解什么国家大事呢？”

老师父说：“我和尚怎么就不能了解国家大事呢？其实，这是很有必要的，和尚也不想当孤陋寡闻的井底之蛙。”

大家都笑了，一边点头，一边说着“是是是”。

这时，一个居士故意用调侃的语气问老师父：“那你还需不需要一个给你做饭的老太太？”老师父马上举起手来，不停地摇着说：“不要不要，这不是给我行方便，而是给我添麻烦，弄不好，我还要给她洗衣做饭。”

估计这时候的老师父，肯定是窘得可爱。大家调侃他的劲头更大了，不依不饶地就是不肯放过他：“不要老太太，谁给你做饭啊？你一个人做饭既累又浪费时间。”

老师父嘿嘿笑道：“那倒是！要是我能有个机器人多好啊！需要做饭了，我一按开关，它就过来，洗菜切菜炒菜，香喷喷的饭菜就好了。”一边说着，一边还模仿着机器人的动作。

大家都哈哈大笑起来，又有人说：“那你还缺个交通工具，比如，摩托车。哎呀，摩托车也太低档了，应该要辆小车。”

老师父说：“和尚的经济承担不起啊。”

居士们说：“可以让家里人给买嘛。”

老师父说：“让家里人给买，那我不得不停地向他们开口啊。”

老师父此话一出，大家立即怔住了，半天没有反应过来他是什么意思，只好问道：“只是买一次，怎么要不停地开口呢？”

老师父说：“车买回来后，我加不起油，还不是得问他们要钱。如果有一天，有可以加尿加水的摩托车，那我就买一辆也行。不然油太贵了，用不起。”

“哦，哈哈……哈哈……你这个老和尚……”

老师父这时站起身，笑着说：“有时候，聊天光说正经的，不编一编，会聊不下去的。好了，今天就聊到这吧。”

显然，大家还正沉醉在老师父的可爱风趣中，意犹未尽，所以都央求老师父再讲一会儿，没想到，此时老师父却一本正经地说：“这就是众生的愚痴！师父们讲法的时候，大家总是打哈欠，萎靡不振的样子。现在我讲闲言碎语，你们倒是精神振奋，怎么没见你们听法这么积极？”

刚才还谈笑风生呢，怎么一眨眼的工夫，这么严肃了，就像变了个人一样。大家都愣住了。

老师父不紧不慢地接着说道：“你们还要做饭，我把你们的时间给耽搁了，向大家忏悔。你们也浪费了我的时间，也要向我忏悔。你们刚才不是提醒我不要看电视，多念佛嘛。我现在就去念经了。”说着就走了，边走边高声念：“上师知，上师知，根本上师您鉴知！调伏我这狂乱的心！”

骑自行车的快乐

时间过得真快，转眼间，出家已经十几年，自己也从一个小孩子变成大人了。这十几年，社会发生了很多的变化，寺里也发生了很多的变化。记得以前大家出门都还是步行，后来有了自行车，再后来有了摩托车，现在还有了小汽车。生活真是越来越好了。

可是为什么，我还是觉得以前的生活虽然艰苦、简单，但那时候的我们很单纯，很快乐，很容易满足。偶尔有一块糖，不知道有多高兴，大家都分着吃。还记得寺院刚有自行车那会儿，大家都很激动，很新奇，整天一大群人围在一起，争抢着骑，有的表演车技，有的在一旁喝彩。

一位师父说，有一次寺院要派他去六十多公里外的地方采草药，还给了他两块钱饭钱，可把他给乐坏了。采完药，又骑车行了十几公里去州上，吃了两碗面，买了一堆糖，当天又骑车回寺院来。那时候真是非常高兴，一点儿也感觉不到累。

现在，外出都不骑自行车，改换摩托车了，可即便是这样，也常有人喊累。我想，就是开着汽车，也体会不到过去那种兴奋的感觉了。

和我同龄的师父们常说，现在的小和尚们虽然无忧无虑，但好像比我们那时候复杂一点，而且也没有我们那时候那么快乐。

我一直在想，是不是因为现在的东西比较容易拥有，所以人才体会不到拥有之后的快乐？我还记得大家第一次骑自行车时的兴奋，后来有了摩托车，当然也高兴，可是好像少了点儿激动，再后来寺里有了汽车，大家表现得却都很淡定。

人心就是如此奇妙。

所以，仁波切他老人家常说，我们要不时地调整自己的心态，如果能明了这小小的转换之道，天大的事情也没有什么大不了，否则，小小的事情也会让自己痛苦不已。

地震了

我们藏地从前很少地震，我从小也没有经历过什么地震，只是隐约记得好像有一两次房子轻微地摇晃，不过也不能确定是不是真的地震了。

所以，我长这么大，对地震从来都没有什么概念。

2010 年 4 月 14 日，玉树地震的那天，五点多的时候，当时天还没亮，我被摇醒了，后来听别人说，那是大震前的第一次小震。

被摇醒后，我当时的第一反应就是，地震了！随即起床念经。七点多，大地震来袭的时候，我眼看着对面的墙裂了，急忙跑到了屋外。

过了一会儿，便听说玉树州上的房屋倒塌极其严重，还有人被埋在废墟里。

寺里赶紧安排师父们到附近的村子里看一下情况。后来，回来的师父说，村子里没有人员伤亡，只是房屋倒塌严重，很危险，而且还有很多人不停地返回危房去拿食物或者是家里的贵重物品。师父们虽然不停地对大家说，还会有余震，进入危房很危险，可是很多人就是不听劝。

后来，寺院把储备的粮食全部拿出来，告诉村民不要再回危房拿吃的了，大家一起到寺院来，我们一起度过难关。如果非要回危房取东西，也由寺里统一安排年轻敏捷的人去。

几天后，寺里的僧众们，商量着要去玉树州上帮忙。

有些师父的亲友都在州上，电话打不通，他们都很担心。后来，他们一众人就去了州上。临走之前，大家不停地叮嘱："要注意安全，不能蛮干。心里做好准备，去了不一定能回得来。别忘了时时祈请上师三宝。仁波切常说，无常迅速啊！"

我和姐姐因为要照管仁波切的法体，便留在了寺院。

再过了几天，他们从州上回来了，说伤亡很严重，其中一位师父说，他非常担心自己的家人，路上一直在想，去了就要找到他们。但真的到了州上，看到那么惨烈的景象，找家人的想法已经没有了。他选择去救助自己能够看到的伤亡者，同时在内心默默祈请，希望自己的家人能够平安，在搜救的过程中也会打听自己的家人，听说他们还活着，便没有去找他们。

经历了一次大地震，看到那么多生命的逝去，大家都感慨："真是如同上师三宝所说的无常啊！都是浮云，都是浮云！趁活着，好好修行吧！"

2010年玉树地震，土登寺僧侣前往灾区支援

丢了老师父们的面子

2010年玉树地震的时候，土登寺一座水泥构筑的新房子在地震中完全垮塌了。

寺里的大殿，偏殿，僧舍虽然没有被震毁，但大都裂缝严重，非常危险。为了安全起见，大家都临时住到了外面空地上的帐篷里。每顶小帐篷里住两位师父，大帐篷里住四位师父。帐篷不够用的时候，大家就挤一挤。

地震那几天，每天都充斥着很多谣言，说什么几月几日还有更大的地震，搞得大家人心惶惶。

晚上，我躺在帐篷里，有时也会胡思乱想：如果还有更大的地震，如果山石滚下来压在我的帐篷上，那我岂不是没命了？每次想到这些，都觉得害怕。但是很快又在心里对自己说：大地震的时候，肯定是山崩地裂，到那时，就是想跑也跑不了。既然这样，那害怕紧张又有什么用呢？如果我被石头砸到，那就是自己的命。

于是我便安心地睡了。后来几天，虽然余震不断，但每天晚上我都睡得很安稳。

有一天夜里发生了好几次余震，而且还是风雨大作，电闪雷鸣的，很吓人。第二天早上醒来，我看到一位老师父和一位小师父，两人正在收拾东西。老师父一边急急忙忙地整理着，一边喊其他人来帮忙。可是，旁边的几个人并没有动，只是站在那里说："还帮什么忙呢？你太丢我们老师父的脸面了。为了我们老师父的尊严，你就应该睡在那里，不要搬。"

我走过去问他们发生了什么事，老师父不吭声，后来是站一旁的小师父告诉了我事情的原委。

原来，余震的那天晚上，老师父和小师父同住在一个帐篷里。因为担心帐篷会被大风刮走，老师父把帐篷固定在了旁边变压器的下面。后半夜，老师父被雷声惊醒了，醒来后突然想起自己睡在变压器下，就赶紧往外跑。跑了两步，又想起同住的小师父还在帐篷里面睡着，又急忙返回来拉他。

可是，小师父却不紧不慢地说："地震都没把我们弄死，没事的，接着睡吧。"最后，老师父还是生拉硬拽地把小师父喊起来，一起去了别的师父的帐篷。

所以，第二天一大早，老师父就赶紧另觅新地方，准备把他们的帐篷从变压器下面搬走。

我说："重新换个地方搭帐篷，挺好的啊！"

旁边的一群老师父都说："堪布啊，这哪里好啊！他可是丢了我们的脸呢，为了我们老师父的尊严，他还是睡在那变压器下面比较好。"

那要搬家的老师父急忙说："面子事小，生命事大，咱们可不能为了一口气丢了命。"说着更加起劲地整理着帐篷里的东西。

"看来是忽悠不了他了，都来帮忙吧。"大家都笑了起来。

老师父还说："感谢师父们。如果有人再担心帐篷被风刮走，愿意搬到变压器下面的话，我可是给众位师父腾出这块地了啊。"大家又是一阵大笑……

第二章

修行要量力而行

僧人的假期

出家以后，僧人们几乎天天都待在寺里。每天早上上大殿，集体诵经。诵完经，各自回自己的住处，继续做功课。如此日复一日，生活是很规律的，活动范围也很有限。就算是偶尔去一趟附近的村子，那也是要请假的。

当然了，寺院也是会放假的。比如，秋收农忙的时候，或者逢年过节的时候，就会给僧人们放假，让大家回家帮忙，与家人团聚。有时候，寺里会把师父们分成几个组，让他们轮流放假回家。

师父们回到村子里时，各家都会请他们全体到家里做客，用丰盛的菜肴来款待他们。在藏地，几乎每家都有一位出家人，或者是自己家的孩子，或者是其他亲戚。这样就各家供养自家的师父，有时候家里有什么解决不了的事情，大家也会找自家的师父拿主意。很多家庭还会请出家人回家里去念经。

所以在藏地，出家人和家庭的关系还是比较密切的。

到了一年的秋收季节，寺院给的假期还格外长呢！虽说藏地的寺院不允许僧人种田，不过农忙的时候，师父们可以回家帮忙看看家、煮煮茶什么的。

有一次，家里人干完活说了句："今天有点累。"他们家的师父就说："为什么要种那么多呢？够吃不就行了吗？别说你们干活的累，连我看着都累。"

后来其他师父知道了这件事，都拿他开玩笑："他们不干活，你吃什么呢？"

那师父说："在家人为生活努力，也没什么不对。作为我们出家师父，能够做到知足，怀着知足的心去修行，也挺好啊。"

秋收过后，僧人们就要立即返回寺院。

不放假的时候，如果有事需要回家或是要取一些食物，那么要跟僧值请假。小和尚们偶尔也会打着断粮的旗号请假回家，但不可以常常用这个借口，所以回去拿口粮就得一次拿够。

不管是在寺里，还是放假回家，各自的功课还是要做的。老师父们经常对我们说："每天都要做功课、念诵，不管有没有人盯着你，这是自觉自发的事情。你可以糊弄别人，但是不能自己骗自己。做功课、修持都是为了自己，不是为了给谁看。人前打坐固然重要，但是最重要的是人后的修行。如果一个人在人前人后一样，表里如一，那么，他会是一位不错的修行人。"

僧人之间的称谓

在土登寺，每个人都有家的感觉，因为它很温暖，是我们的依靠。

在这里，彼此之间都是最亲的人，所以就算是在寺院里，我们之间相互的称呼也都很亲切。同辈的僧人之间都是直呼其名，或者就像在家一样，相互称呼"哥哥""弟弟"。"师兄""师弟"这样的称呼，我们一般不当面用，那都是对外转述的时候才这么礼貌性地称呼。

对于年长一些的师父，大家就直接称为“舅舅”或者“叔叔”，总之，很随意，只要能区分辈分，叫什么都可以。

当然了，也有一些同辈的僧人，虽然出家时间不是很长，辈分不是很高，可是他们却在某一方面有过人之处，为了表示尊敬，大家也会自发主动地把他们当成长辈一样称呼，所以寺里就有一些年轻的“舅舅”和“叔叔”了。

我就是这其中的一个，现在寺里好多师兄弟们称我为“舅舅”“叔叔”，有时候搞得我很不好意思呢！可能是因为自从出家以来我一直跟着仁波切的缘故吧，刚开始是仁波切的侍者，后来是仁波切的汉语翻译，最后还很幸运地成了堪布，所以同辈的师兄弟们都很尊敬我，有的喊我“舅舅”，有的喊我“叔叔”。不知不觉，我成了老师父中的一员了，就连上殿的座位，也被他们挪到老师父那里了。我心里是惭愧的，觉得自己担不起。

堪布的压力

2002 年年底，那时我 22 岁。一次法会上，仁波切指着我对大家说：“他虽然比较年轻，但在我身边这几年，我蛮喜欢他，他自己学习也很努力，有不错的成绩。所以我希望他将来能够成为一位了不起的堪布。”他老人家还当场取了一顶自己从前戴过的法帽给了我，后来还将自己的法衣也送予了我。

自此之后，仁波切的弟子们开始称呼我为“堪布”。

“堪布”的称号，是我出家以来最大的荣誉。但是，我又深深感觉自己实在是愧对这个荣誉。堪布的中文意思是“佛法的博士”。一般僧人，要读佛学院，专攻佛理，经过激烈的辩经，出家至少五到十年，才能被授予这个称号。

而我没有上过正规的佛学院，出家的时间也不是很长，没有辩经，没有学历，在佛法方面也没有特别精深的造诣，这让我在初获这个称号时，压力特别大。

那时，最怕别人来问自己佛法方面的问题，怕自己不会解答，怕别人质疑我这个堪布。

有好几次，别人都说我："你不是堪布吗？怎么连这个都不会？"我只能委屈地说："我不是堪布，仁波切是说希望我将来成为堪布。"

如是几次，我只好跑到仁波切那里去诉苦："仁波切，您能不能跟他们解释一下，您说的是希望我将来成为堪布，而不是现在就是。"

仁波切说："那不挺好嘛。"

我说："可是他们来问我问题，我答不出，很尴尬的。"

仁波切说："当别人来问你而你答不出的时候，才是你真正认识到自己不足的时候。你可以来问我，可以自己看书，也可以向别人请教，还可以问向你求教的人啊。"

从此，我经常向他老人家求教，自己也会拼命看书，也向周围的人求教，有时，当我向提问的人反问时，他们真的有很好的答案呢！

土登寺的师父们真的很善良，是他们的包容理解，帮助我克服了心里的胆怯和惶恐，帮助我成了一名真正的堪布。

现在，有人来与我一起讨论佛法教理，我很高兴。如果自己不懂的，我会很坦诚地告诉对方：我不懂。

有些居士也会惊讶于我的回答："你是堪布呀，怎么会不知道呢！你肯定是谦虚。"

这个时候，我不会再像以前一样尴尬，我会微笑示人："我真的不知道啊！抱歉！这个问题你有考虑过吗，要不然，你给我讲讲你的想法，我们一起学习吧！"

堪布不是全知，不一定能解答所有的佛法问题。俗话说，活到老，学到老。即便是堪布也不例外。

座　位

被授予堪布的称号后没多久，一次全院僧人大会，我与几个师兄同去大殿，师兄们的座位都在后面，而我的被安排在前排。当时，我感觉很尴尬。

我们寺院的座位，是根据僧人出家的先后时间安排的。他出家比你早，他坐前面，你坐后面。你之后又有新的僧人入寺，就接着坐到你的后面，以此类推。在僧团中，不能完全按世俗的年龄大小而论，而是以出家时间的长短而论，佛门称“戒腊”。

所以，座位在前面的，都是我们寺里的老师父，他们有的人比我的师父仁波切还年长。

论戒腊，我其实不应该坐在前排，我出家才十几年，在我们寺里，这很平常；论年龄，我才三十多岁，算比较年轻的一辈人。现在，让我坐在前排，和德高望重的老师父们同坐，我挺不好意思！

我大步走到师兄们中间去，和他们一起坐到了后排。

大会就要开始了，僧值进了大殿，他看见我后，立即绷着脸说：“你的座位在前面。”

我小声说：“我就坐这里吧！这儿挺好的。”

僧值有些不悦了：“你现在是堪布，你的座位应该在前面。这是规矩，不能随意改动。你尽快坐过去。”

念经赚钱

在藏地，全民都信仰佛教。僧人和民众的关系是紧密相连的。僧人除了每天的必修功课以外，也会经常去附近的村子念经。哪家有人快要去世了，我们就会被邀请去为亡者做超度。

一个人弥留之际，大都是请出家人来家中陪伴自己，而让家人离开。甚至为避免家人的哭声传入将逝者的耳朵，条件允许的家庭，家人也不会待在将逝者的隔壁，会隔得远一些。

所以说，藏民的人生最后一程往往是由僧人陪伴度过的。因此，僧人对死亡的种种现象也比较熟悉。

我刚出家的前两年，因为大部分时间都是跟随仁波切住山闭关，所以接触过的亡者不多，但也有两三位。直到现在，我还能清楚地记得第一次出去为逝者念经祈福时的情形，当时真的很紧张。

在藏地，为往生者念经，家属都会给我们一定的酬劳。刚出家不久，也从没有过做超度的经验，所以内心有些忐忑。想着人家已经给了报酬，如果自己能力不够，没有念好，那岂不是罪过了。其实主要是对自己还没有信心，所以心里有些怯怯的。

同行的一位老师父对我讲："亡者是能够感知你的心意的，如果你怀着可以收到多少财物之类的念头，他会生起嗔恨，从而堕入恶趣。"

因为受过告诫，念经的时候反而偏偏会浮起这样的心念："这家人会做什么饭呢？"这念头刚一浮起，我便自责起来，我怎么能有这样的想法呢？

我非常紧张，大力地祈请与诵经，并在心里默默而真诚地对亡者说："你如果真能感知我的心，别生气啊。我来你家念经，没想过是为了什么好吃的，只是起了这么一个念头。我们都是因为有太多这样不好的心，才在轮回中流转，你我都要放下贪嗔痴的心。你就不要计较了，也别老关注别人在想什么，好好听我念的经，依此来祈请佛陀，愿你早日脱离，希望你能趋向善趣乃至解脱。对不起，对不起。”

就这样，慢慢的，我也就不那么害怕了。

幸好，那一家人对我们都非常信任，从始至终一直是满脸的感激。我感觉到了藏地人民的善良，他们用自己的善良包容了我的生疏过失。

很多在家的朋友都开玩笑说，我们这是出去“赚外快”。其实，这只是一种年轻人新锐的表达词汇而已。在藏地，僧人是可以做生意的，如果真的是赚钱，本来也无可厚非。当然，我不想把这个理解为赚钱，我们可以把它理解为藏地人民对佛法的尊重，对僧人的供养，对寺院的供养。

荤素之辩

有一次，寺里一群僧人聚在一起吃饭。饭后，有个师父说：“来来来，大家喝点牛骨头汤。”

这时，旁边一个居士说：“我戒肉吃素。”

“咦，连骨头也戒了？”有人就开玩笑。旁边的居士害羞地嘿嘿一笑，双手捂起了脸。大家也都笑了起来。

我去过汉地很多次，发现有些人一提起吃肉，就是“惭愧惭愧”，或者是“罪过罪过”，好像犯了什么大错一样。尤其是一些在家的居士，他们要是和我们这些出家人一起正好聊到这个话题，总是面露窘色，生怕别人会批评他礼佛之心不诚。

关于这个问题，我们寺里的师父们也经常一起辩论。虽然我也吃素，但这只是我的个人喜好问题。我还是觉得吃植物和动物都是一样的。植物的播种和生长过程中，也有不少枉送生命的。

辩经是藏传佛教寺院教育学习经论、考核成绩、晋升学位的一种独特的教育教学方法，也是藏传佛教的一大特色，多在寺院内空旷之地、树荫下进行。辩经为西藏三大寺佛学的最大特色，辩经者由较优秀僧人担任，其方式各寺不同，主要可分为对辩和立宗辩两种形式。

有的师父会反驳我的观点，说：“植物和动物之间还是有很大区别的，不能混为一谈。它们本身对痛苦的体验、感知和表现都不同。动物被杀的时候，会表现出自内而外的畏惧和痛苦。而我们在吃水果蔬菜的时候，就不会感觉到这些啊！想想，一个人如果能对这些动物的痛苦无动于衷，残忍地吃它们，那这个人能有悲悯之心吗？所以我说，吃肉的都是没有慈悲心的，不能称为佛弟子。”

还有人开玩笑说：“吃素的都是胆小的。”

每次辩论都是越辩越激烈，越辩越严肃。

不一会儿，讨论的氛围就严肃起来了，大家会说：“咱们不开玩笑了，这个问题值得我们探讨。”接着，师父们都开始很认真地思考了，有的会引经据典，试图从佛陀那里找答案，有的参考前辈高僧大德们的语录，也有人自己思考。总之，大家都像是辩经时一样虔诚和敏捷。

思考过后，有位师父说：“是不是佛弟子，应该由信不信三宝、信不信因果来判断，不能仅由吃不吃肉来断定。否则，牛羊都吃素，那它们就都是佛弟子？而我们这些吃肉的都不是佛弟子了？”

有些年轻的小师父们，忍不住开下玩笑：“连牛都懂的道理，你还不懂？”

“牛是因为辨明了荤素的功过而不吃肉呢，还是仅仅因为习性不吃，这是需要辨明的。”

“吃素的确很好，但如果以这样的标准来定义是否是佛弟子，也会将很多人拒之佛门之外，不免矫枉过正，过犹不及。佛是强调过戒杀吃素的功德，但按我的理解，佛更是在说那些无视生命、嗜杀成性、嗜肉如命的人，断慈悲非佛弟子。”

“你这是迎合自己，曲解佛意啊。”

“难道说，佛弟子吃肉就是好的吗？”

“不能说不吃肉就是个佛弟子，或者说吃肉就不是佛弟子，我强调的是这个。”

关于这个问题，每个人都有自己的想法。我只是觉得，吃素是很好的，这是认识到生命的可贵，珍惜世间一切生命，这是悲悯之心。但若因个人饮食习惯而不吃肉，或者因为贫穷吃不起肉，却要指责其他人吃肉，那我说，这就是嫉妒，跟是不是佛弟子无关。

事实上，由于地理环境的原因，藏地的蔬菜很少，所以僧人有时不可避免地也要吃肉，我觉得这没有必要苛责。

荨麻草的故事

有位闭关多年的师父来土登寺参拜仁波切，求教修行。后来，在一次偶然闲聊时，他给我讲了一个他修行中的小故事。

一次，他决定去住山半年，闭关修行。于是，他带足了半年的食物——炒面，就上山了。在我们那里，修行人闭关一般都吃炒面，因为炒面可以保质很长时间，不会变坏。

刚开始的一两个月，一切都很好，在那样一个清净的山里，也是很利于修行的。但是，直到一天，他偶然间发现自己带上山来的准备吃半年的炒面，怎么就剩下一点了呢！原来是自己没有计划好，早早地就把后几个月的粮食给吃了。眼看着剩下的炒面已经不够维持到半年闭关结束了，于是，他开始省着吃，可是再怎么省，也还是不行了，他的炒面就快要吃完了！

他刚去的时候，还带了些小骨头。吃完炒面后，他就把这些小骨头捣碎，打一锅水，把骨头放进锅里，搅在一起熬，他只能靠喝这个充饥了！

骨头熬成的水，也喝完了！他就要断粮了！附近也没有什么住户，没有地方去讨些吃的。

那时候，正是开春，他从窗户往外望去，不远处的草地上，长出了一株荨麻草。他暗自窃喜，终于有东西可以吃了！

他开始有了盼头，他在等着这株荨麻草快快长大。他想着，等它长大了，我就可以饱餐一顿了！

于是，他每天修行打坐，下座后的第一件事就是掀开窗帘，看看窗外那株荨麻草长高了没有。

再过几天，就连打坐的时候，心里都牵挂着这株草！

每次掀开窗帘，都感觉它长高了，心里很是欢喜，对它的期盼也越来越迫切了。

“今天，又长高了一些，再等等，等明天再长大一点儿，就可以摘了，我就可以饱餐一顿了！”

这一株小小的荨麻草，已经完全系住了他的心。

突然，他听到一阵牛叫声，往外一看，离荨麻草不远的地方，有一头牛正在向他的荨麻草靠近！

他一下子紧张了起来，赶紧在心里祈祷，祈求上师保佑这株荨麻草。牛每靠近荨麻草一步，他的心就“咯噔”一下。牛一回头，或往反方向扭转下头，他的心就稍微放松了。牛再次把头转回来，朝荨麻草走近的时候，他又一次紧张了。

尽管他不停地祈祷，依然不能阻挡这头牛前进的步伐。

牛一步步向荨麻草逼近，一口把它吃掉了！

他绝望了！

他的心空了，什么都没有了。当时，他有了诅咒牛的想法！他写了一首诗：

我有一个小孩，
生在天地间，

长于大地滋养和阳光普照下，
每每看到他健康茁壮，我都感到庆幸欢喜，
因为他是我的希望，我的一切，
他的健康和成长牵动着我的心，
所以，我会不时祈祷上苍，保佑他健康茁壮。
当我觉得他即将长成，
将要实现我寄托的全部期待之时，
我悠闲自得地坐在禅房中，
突然，传来一个噩运之声，
我放下一切，急忙走到窗边，拉开窗帘，
看到一个浑身长满黑毛的恶魔，
站在我的小孩旁边，
我祈祷上苍，不要让他被吃掉，
因为他是我一切的一切，我的希望和寄托！
但是这恶魔还是一步步地靠近我的小孩，
最后一口吞掉了我的小孩。
当恶魔吞掉他的那一刻，也吞掉了我的希望，
我的天地顿时崩塌，一片漆黑。
所以，我诅咒恶魔，噎死！

等他慢慢缓过神来，觉得自己既可笑，又可怜，还可悲！自己出家多年，闭关也有十几年了，放下一切来住山修行，却放不下一丛荨麻草！他感到很羞愧。

他说，这就是无常，世事无常，因此，他学会了放下。

屠夫和修行者

我们寺里的师父们，有些人闭关修行过，有些人就没有。大家一起聊天时，总能聊到这个话题。

一天，寺里的几个师父一起聊天。聊到闭关时，大家不约而同地向一位闭过关的老师父投去了赞叹的目光。年轻的师父们提起闭关修行，都特别向往，有些人还说自己也想去闭关修行。

当时，就有一个年轻的师父说："你们总是在这里想，一点意义都没有。要我看，如果想去，就要付出实际行动才是啊。"

道理是没错，可是真要行动，哪能那么容易呢！现在毕竟是在寺院里，不是说想干什么就能干什么的。只好自己安慰自己，能想已经很不错了，有心总比没心好啊！

有一个师父很快从失落的情绪中走出来，把话锋一转，"你们这些闭过关的，也不能太傲慢。你们应该都听说过，傲慢的闭关者和惭愧的屠夫的故事吧。"

从前，在一座山上，有一个住山闭关修行的人，还有一个屠夫。闭关者每次看见屠夫，都心生鄙夷，心想："我是个修行人，那是个业障鬼。"而屠夫从来没有觉得自己卑贱，也没有觉得自己的工作有什么错，因为他认为，牲畜生来就是该被杀的，它们不像人一般有感知力，所以杀它们也没有什么罪过。所以，他从不忌讳杀生。

有一天，屠夫拿着屠刀来到羊群中，突然想起自己忘记带捆绑羊的绳子，就把刀往地上一放，回去拿绳子了。回来时，他发现羊正在用蹄子拨土掩埋屠刀，而且还趴伏其上，企图用自己的身体把屠刀彻底藏匿起来。屠夫看到这一切时，被深深地打动了，不禁生起了愧疚感。他回想自己曾经造下那么多业，羞愧不已，于是跑到闭关者关房旁的悬崖边，纵身跃下。

跃下的那一刻，屠夫竟飞向了天空。

闭关者看到这一幕，心想：这业障鬼投崖都能获得解脱，何况我这个修行人呢？他也跑到悬崖边，纵身一跳。

故事的结局出乎人的预料，闭关者纵身一跳并没有飞向天空，而是摔下悬崖，粉身碎骨。

这个故事，我早前就听说过，只是一直想不明白，为什么是这样的结局呢？按理说，不管谁跳崖，都会落得个粉身碎骨啊。要说飞，也只可能是闭关者，因为他是修行人。屠夫怎么会升天解脱呢？

一位老师父看穿了大家的疑惑，慢慢说道："这个故事阐述的应该是自我膨胀、傲慢的危害和过失吧！闭关者总觉得，自己修行很了不起，因此轻视别人，所以落了那个下场。而屠夫虽然曾经造业，可是他后来能心生愧疚，自我反省，这就是功德。古谚不是说过吗，傲慢的山顶存不住功德的泉水。"

怪她，还是怪自己

寺里放假的那几天，年轻的师父们要么回家，要么就去州上玩，只有几个老师父没有去处，还留在寺里。老师父们的家里已经没有亲人了，也不爱出去逛街买东西，所以放假的时候也和往常一样，继续在寺里做每天的功课。不过，有时候，他们几个人也会出去，用他们自己的方式，给自己放个假。

从前，有一次寺里放假，他们几个老师父就相约结伴同行，一起到寺外的河边，说是去聊聊佛法。他们几人带了很多好吃的，还在河边搭起了帐篷，每天看着大自然的美景，吃着美食，那生活真的是有滋有味的。

大家每天轮流做饭。有一天早上，一位老师父光着身子从被窝里走了出来。其他人看见，赶紧喊他："你干什么去啊？"

他说："我做饭去啊，今天轮到我做饭了啊。"

“不用那么急急忙忙的，你先把衣服穿上嘛！别人看见了可不好！”

老师父做了一个鬼脸，调皮地说：“我们赤裸裸地来到这个人世，又要赤裸裸地离开，这有什么呢？老和尚我如如不动，要示现本色。”就这样，他光溜溜地就出去生火做饭了。

过了一会儿，这个老师父又急匆匆地跑回了帐篷，大家还没反应过来是怎么回事，就听到帐篷外有个女人的声音：“师父们，我把酸奶放在这里了，那我就回去了啊！”大家这才知道，老师父为什么突然跑回来了。

那女人走后，大家哈哈大笑，说：“老和尚这真是如如不动啊！”

老师父也不好意思了，嘿嘿直笑：“我正在外面做饭，突然看见这个女人朝我们这个方向走来，吓得我赶紧跑回来。今天本想在大家面前表现一下修道人的风范，谁知她来了。我是该怪她呢，还是该怪我自己呢？”

大家异口同声地说：“这正所谓诚实如山谷般长远，谎言如兔尾般短小呀。哈哈哈……”

法会上的皮鞭

我们土登寺虽然不是一个大寺院，但也是人来人往，香火比较旺盛的。附近寺院的僧人，也会偶尔到我们这里来“串门”。

常来我们这里的附近寺院的一个僧值，和我们一起聊天时说：“僧人们不听话就往死里打，打得他站不起来，下次就不敢再违背寺院的规矩了。”当时我觉得，他很威严。

在藏人居住的地方，几乎人人都信仰佛教，即便没有出家，也是在家信徒（居士）。对于当地寺院的一些宗教活动，人们大都是很热衷的。我们寺院一年有很多法会，每一次都是人头攒动。

法会——佛教仪式之一，又叫作法事、佛事、斋会、法要。乃为讲说佛法及供佛施僧等所举行之集会，即聚集净食，庄严法物，供养诸佛菩萨，或设斋、施食、说法、赞叹佛德。印度古来即盛行此类集会，其种类名目甚多。

有一次，寺院举行法会，大家为了早一点儿灌上顶，都一个劲儿地往前挤。为了维持秩序，我把皮鞭拿出来，轻轻甩出去，想吓唬他们！

很不巧，甩出去的皮鞭正好打到了附近寺院的那个僧值身上。他马上脸涨得通红，怒视着我！

我想起了他说“把僧人往死里打”时的表情，好像很轻松，也不曾表现过有一丝留情之意。而现在，我只不过轻轻碰了他一下，他就如此恼怒。他可能完全忘记他对我说过的话了！

人都是对自己无限宽容，对别人无限严厉啊。

出家与还俗

在寺里，每天和师兄弟们一起做功课，一起修行，一起玩耍，真的很开心。他们都待我很好，我常常感叹，能和他们一起在土登寺出家，真的是一种福分。师兄弟们也常常开玩笑说，我们要永远在一起。

“那可不一定哦！”每当这时，一位老师父都会过来，笑眯眯地给我们泼一头的冷水。

平日里，这位老师父常常语重心长地劝我们好好修行：“小师父们，要成为一个很好的出家人，每一步都要踩稳啊！你们现在还在山脚下呢，好好努力啊。我已经爬到半山腰了，不过，还是要继续修行啊！”

有的小师弟就会说：“你都已经五十多岁了，当和尚应该已经成功了。”

“可不能这么说，还有六十多岁还俗的呢。”

“那种情况太少了。”

“虽说少，但是也有过。所以出家到老，也是不容易的啊。记得我小时候，有些骄傲，总觉得自己修行比别人好。后来就有一位老师父跟我说，‘小和尚，你现在骄傲还有点儿早，不要以为得到别人的尊敬，自己就了不起了。要骄傲，到我这年龄还可以。’我当时想，不就差个几十岁嘛。后来，当和尚越久，越觉得老和尚的话有道理。”

我觉得老师父说得很对，一切都是无常的，谁也不敢保证我和我的这些师兄弟们会永远待在土登寺，会永远做和尚。

“所以，我们要努力修行，一刻也不能懈怠，即便是我们年纪大了，也不能放下功课。这样我们才能做一辈子的和尚。”我似有所悟地说。

我现在终于明白，为什么每次我们开玩笑说，要永远在一起的时候，老师父总是要说，“那可不一定”。他是怕我们某些人不能坚持修行，有一天会离开寺院，所以早早地劝诫我们吧！

老师父笑了：“你说的也对，也不对。如果有一天，真的有人还俗了，我希望他能坦然接受。现在有很多人经常处于痛苦中，就是因为他们的矛盾和纠结。当和尚的时候，整天羡慕在家人，还俗当了在家人，又想念和尚的生活，要是这样，那真的是可怜啊。其实，当和尚时，就要享受独身的快乐，不要总羡慕在家人的生活；若真还俗了，就要好好体会家庭的幸福，不要总羡慕出家人的生活。”

我赶紧说：“那我还是喜欢当和尚，一人饱全家饱，一人乐全家乐。自己一个人，随心所欲，自由自在，这是我们和尚的幸福啊。”

我没有那么伟大

有一天，我和寺里的老师父们坐在一起闲聊。

我问他们：“师父们，你们平日里诵完经是怎么回向[①]的呢？”

---

①回向：回向是佛教修学过程当中，非常重要的一种修行功夫。所谓“回向”是将自己所修的功德，不愿自己独享，而将之“回”转归“向”与法界众生同享，以开拓自己的心胸，并且使功德有明确的方向而不致散失。

有位老师父说："当然回向给一切众生。"

这时，另外一个老师父淡淡地说了一句："我是主要回向给我的施主的。"

"老和尚，这可不对，不能有分别心，当然要回向一切众生啊。"老师父一席话，招致了其他人的反驳。

谁知，老和尚竟然撇了一下嘴，说道："我做不到，我没有那么伟大。每次念诵的时候，我肯定先回向给那些对我好的、护持我的、供养我的人，然后才回向给众生。我可做不到让他们平等。"

"老和尚，我得好好教育教育你。佛在典籍里是怎么说的？……不应该有亲疏之别。"

"你真的能把别人的妈当自己亲妈一样对待吗？家人和旁人在你的心里，分量真的一样吗？你不认识的人生病了，你也会像亲人一样担忧和牵挂吗？咱们不说大道理，就事论事，你是不是真能做到呢？如果你真的做到了，那么，你很了不起，我赞叹，我佩服。"老和尚说完，大家都无言以对了。

是的，大家都向往着能平等对待所有人，对所有人都能有悲悯之心，并且也都朝着这个方向努力修行，但能达到这个境界的人毕竟还是少之又少。

出家的荣耀

经常有一些汉地的居士和僧人到我们寺院来参访，有的时候，一些居士会在我们寺院里住上好长一段时间。寺里的师父们大都很和善，对待客人很热情，所以居士们也不会感觉到拘束，常常和我们一起做功课、聊天。

有一次，一个汉地来的居士找我聊天，他颇为感慨地对我说："藏地的人民和我们汉地的人民还是很不一样啊，虽说有些道德观是相似的，但是有些人生观、价值观，尤其是宗教信仰，差异还是很大啊！"

我很好奇地问："有什么不同呢？"

他叹口气说："比如说，对于出家人的认识。在我们那里，一般的人都会认为，出家人都是现实社会的逃避者，他们都是因为脑子有问题，或是在社会上混不下去了，才悲观厌世，选择出家。你看新闻上经常说，某个年轻人受不了失恋的打击，跑去出家了；再或者是，某个大老板生意失败，破产了，跑去出家了；还有更离奇的，某些人在社会上干了坏事，怕被别人报复，隐姓埋名跑到寺院出家躲清静去了；还有的就是出家当假和尚，专门招摇撞骗……"

这个居士好像越说越气愤。

"我是听说过一些不好的事情。不过，我觉得，汉地的大众肯定也有虔诚信佛的，至少我去了很多次汉地，接触到的人，都是很真诚的。"我试着安慰他，不过，我也是实话实说的。

"你见到的那些人只是一小部分，而且也不见得真的是真诚呢！反正我们那里的人，一提起出家人，他们都会说，要么是骗子，要么是脑子有问题。如果谁家的孩子要出家，那父母肯定是寻死觅活的不同意。或者已经出家了，那父母肯定也觉得丢人。我记得，我认识的一个小师父，他就对我说，他在寺院出家都好几年了，但一直瞒着父母呢，骗父母说，他在大城市工作当白领。就是偶尔回趟家，也要换上俗家的衣服，不想让父母发现。有几次，他的母亲都问他，干吗留个光头呢？他只好说现在流行光头。可是，我看你们藏地的人民，对出家人都很信任，出家好像还很光荣呢！"

听他说了这么多，我突然觉得，自己能生在藏地真的是很有福气啊！在我们这里，所有的人都信教，出家为僧那是多么令家人骄傲和自豪的事啊！

以前藏地的学校很少，即使有少量的私塾，也是有钱的大户人家的孩子才读得起的。所以，大部分人只有出家进了寺院，才能接受教育。

在寺院里，除佛学外，还能学到文学、绘画、艺术、天文历算、医学等诸多文化。藏地的寺院一般都会提倡学习"十明"，即"大五明"和"小五明"。

“大五明”指的是佛学、声律学、逻辑学、工艺学、医药学，“小五明”指的是诗歌、韵律、修辞、戏剧、星算。

寺院里还有很多书。一些有特殊喜好，或者在某些知识领域有天赋的师父，都可以看书自学。

正是因为寺院里有这样便利的学习条件和氛围，所以培养出了各个领域的诸多人才。这些僧人因为受了良好的教育，用他们的知识为社会做出了贡献，得到了社会的尊重和认可。

所以，在藏地，整个社会对出家人都是很尊重的。

可怜的一头笨牛

解放前，土登寺在经济上虽然不算是很富足，但是，师父们的基本生活还是能够得到保障的，这完全仰仗玛日旦久。他是兰达村百户长下面的头人，为人忠厚善良，为土登寺供养了不少的田地，让寺院附近的村民帮寺院种田，每年收割时又帮忙收割，粮食交到寺院。所以，寺院的粮食还是很丰足的。

玛日旦久曾经依止过一位德行很好的上师，受到过很多教诲和指导。他经常在下午走到院子里的廊檐下安住。

土登寺的维那师更秋江才是一位很不错的出家师父，平时也不议论别人的是非。但他每次看到玛日旦久安住时，便说道：“可怜啊！在那里坐着，像一头笨牛，连一句六字大明咒都不念，这样下去，弄不好会堕入畜生道啊。”

其实，维那师更秋江才是一个很不错的出家人。但是，也不能因为自己会做些功课，就嘲弄别人。这是仁波切教导我们时常说的话。

可怜的孩子

有一次，我们几人在山上共修。其间，一人接到他大舅子的电话，说家里的孩子生病了，很严重，现在正送往西宁的大医院，希望他能给孩子念个经。

我们听说孩子生病了，也都很关切地问了下情况。谁知，他竟然很生气地对我们说："我这大舅子的小孩真可怜啊！孩子身体一直都不好，父母也不关心，就知道在外面赚钱。有一次，我见孩子脸色很不好的样子，就对他们说，别在外面打工了，回家好好照顾孩子吧。可是孩子的母亲很不以为然，说自己在外面每月能赚好几千块钱呢。我只好说，万一哪一天孩子病倒了，你这几千块钱都不够付医药费的。可是，当时他们并没有把我说的话当回事。

"后来有几次，我又说实在不行，就让孩子转学，离我家近一点，我们家人可以帮忙照顾孩子。可孩子的父母还嫌麻烦。再后来，就听说小孩子真的生病了。他们不但没有带孩子去医院看病，居然让我卜个卦看看病情严重不严重，我生气了，说这卦不用卜，有病就治病。他们又找了个老上师卜了卦，说病情不严重，就没有去大医院。之后我再催他们去给孩子看病，他们就说，已经卜过卦了，没事。

"现在孩子真的生病了，而且还很严重，都昏迷了。估计他们现在又要埋怨那个老上师卜卦不准，还要骂一骂佛，让人觉得又可笑，又可悲，又可怜！"

后来，这个师父去了西宁的医院看孩子，医生说，孩子病得很重，救不了了。这个师父只好劝慰孩子的父母："现在既然已经这样了，拿些钱给孩子做些善业，积德行善也就是了。"

可是孩子的母亲居然说："哪怕是倾家荡产，我也要治好孩子的病！"

他当时真想说一句：倾家荡产就能救回孩子吗？还不是你们做父母的一手造成的！不过他忍住了，没说出口。孩子已经那样了，他真不忍心对孩子的爹娘说狠话，只能是好言相劝："如果孩子能救回来，那也值了。问题是不可能了。”

可孩子的母亲很激动，说：“钱算什么！”

他说：“如果不把钱当回事，那就供佛，或者施予那些穷苦的人，积善行德，对孩子对自己都是有利的。”

后来的事，我们都不知道了。只是一直感叹，孩子的父母真是不懂佛教啊！能治的时候不去治疗，却要卜卦。很多前辈大德们都说过，卦有准的时候，但不可全信，即使再厉害的卦师也有卜错的时候，卦只有在难以抉择的时候才卜。孩子生病了就要去看病，这不用抉择，不用卜卦！出了事，不在自己身上找原因，还埋怨卦师。既然已经无药可医，还不能放手，这对父母，真的是没有什么智慧啊。

隐藏功德

以前，我们土登寺有位上师，名叫银顶巴松，他修行很好，可是后来不知道什么原因还俗了，还有了家室。

虽然他还俗了，但寺里的师父们对他依然很恭敬，而且附近的村民依然会请他去家里念经。

有一回，银顶巴松上师和一位老师父被一同请去施主家念几天经。在施主家念经的那几天，银顶巴松上师每天都是早睡晚起。和他同去的师父每天早上都是早早起来做功课，而他却呼呼大睡。有好几个早上，主人准备早餐回屋来拿东西时，他的呼噜打得愈加响亮了。一旁的老师父很不好意思。

后来，老师父找他商量：“巴松上师，您以后还是早起一会儿吧，至少在这家主人来之前起床，以免他们对你有什么不好的想法。”

银顶巴松上师并不觉得尴尬，反而劝老师父，说：“老师父，您是出家人，要早起做功课。我是在家人，多睡一会儿没关系的。”

后来有一天，老师父夜间偶尔起夜，发现银顶巴松上师在打坐。老师父起身有些动静，他就马上躺下了。从此，老师父偷偷留意，发现所有人睡觉的时候，银顶巴松上师就起来打坐，天将亮的时候，他又躺下睡觉。

“我发现你在夜里修行，你这是在隐藏修行呀。”老师父说。

“你别胡说。”

“我观察了三个夜晚，都是这样。”

银顶巴松上师见老师父已经发现，再也不好否认，只好说：“你可不许告诉任何人。”

偷偷摸摸地打坐，已经够奇怪的了，现在还不要告诉别人，老师父更加摸不着头脑了，说：“这可是好事呀，别人知道了也挺好的。为什么不能告诉别人呢？”

银顶巴松上师说：“如果你不跟别人说，今后有什么佛法方面的问题，都可以来问我，我会如实地告诉你；如果你跟别人说了，以后就别问我任何问题，也别想听我说一句话。”

老师父原本对他就非常恭敬，从此就更加佩服他的修行了。

炸山建房子

寺里的一位师父，最近请假回家了。我们都觉得很奇怪。因为大家都是等到放假的时候才回家，除非有什么急事，一般不会特意请假回去的。

后来，那个师父回来了，出于关心，大家都围过去问他。

看着大家着急的样子，师父笑着说：“没什么大事。”

原来，他回家是因为家里盖房子的事情啊。他说，家里人一直嫌现在住的房子太小，人多不够住，所以想把房子旁边的山石炸开一些，拓宽宅基地，把房子扩建一下。可是，家里的老父亲就是不同意。兄弟几个轮番劝说，都不管用，最后只好请我们寺里的这位师父回家给老父亲做思想工作了。

他刚一回去，家里几个兄弟就对他说："别人家都盖起两三层的大房子了，就我们家还是小房子，我们家也要盖大房子。可是，爸爸总是不同意，说炸山会触怒土地龙神。别人家都在炸，也都没事嘛！"

师父就去劝他的父亲："爸，你别太迷信了，大家都在炸，都没什么事，那就说明，这地方根本就没有土地龙神啊。再说，家里的孩子越来越多，你也上了年纪，他们想为你尽一份孝心，让你住得舒服一些，这没什么不好啊。你就同意了吧。"

他父亲深深地叹了一口气，无奈地说："你都这么说了，那就这么做吧。也许现在真的是时代不同了！记得以前你爷爷那辈人，别说是炸山，连挖山上的土石都不愿意。那时候，谁家要是建房子需要用石头，都是去山脚下捡那些从山上滚落下来的石头，都还要对着山大声喊，'在这里居住的土地龙神和一切生命，我们家要建房子，想跟你们借一些土石，什么时候我们子孙用不着了，会再拿来还给你们的。'到了我这一代人，我们做不到这么恭敬，所以有人开始挖山了。现在你们这代人，要炸山了。我不知道，你们的子孙后代将会是什么样子。"

刚开始听的时候，我们还觉得这位师父的父亲是个思想僵化的倔老头，说到后面，大家突然佩服起这位老人了。

也许山上真的有土地龙神，也许没有，不过，这些都不重要。重要的是，老人家对大自然有一颗敬畏之心。也许他是迷信的，可是他的迷信能保护自然生态，保护山上的植被和其他小生命，这有什么不好呢？宁愿住小房子，也不愿炸山，他老人家把别人看得比自己重。

最终，山还是炸了，房子也扩建了，老人很无奈地接受了现实，不停地感叹：时代变了。

莲师说过，不是时代在变，而是人心在变。所谓“人心不古”。究竟变了的是时代，还是人心呢？我想正是因为人的认知、理念、思想不停地在变化着，才有了从古至今这不同的时代吧！

终于歇下来了

常来我们寺院的一位出家师父给我们讲了他的一个故事。

这位师父的父亲是一位上了年纪的老人，可是他还是整天忙碌，没有时间照顾自己，也没有时间照顾家人。

这位师父对他的父亲讲：“父亲，您年纪也大了，忙碌了一辈子，该停下来休息休息，享受一下生活，顺便修一修法了。”他父亲告诉他：“儿子，现在还不行，还有很多事情要我去处理。”

又过了一段时间，儿子又劝：“父亲，您应该停下来了。”他父亲又说：“儿子，我明白，等我忙完这一阵再说吧。”

他父亲忙了一阵又一阵以后，儿子又说：“父亲，您真该停下来了。您看，您都忙了一辈子了，总要有个头啊，很多事可以让兄弟姐妹代劳的。”他父亲说：“知道知道，我会的，过一阵就可以了。”

终于有一天，他父亲病倒了。他儿子过来说道：“父亲，您现在倒是歇下来了，但您已经没办法享受生活了，更没时间去修行了。”

过了一些时日，他父亲去世了。这师父来到我们寺院里，说道：“师父们，帮帮忙，到我家里去念一趟经。”师父们问他什么原因，他说道：“我爸终于歇下来了。”

这是一个真实的故事。

我想起了佛陀的典故：佛陀曾经问弟子，你们认为，生命能有多长时间？弟子们回答“一年”“一月”“一周”“一日”“一小时”，佛都表示不赞同。弟子们反过来问佛陀时，佛陀回答道：生命在一呼一吸之间。一口气呼出去，吸不进来，便是来世。一口气吸进来，呼不出去，同样也是来世。

所以，我们都应该珍惜现在的每一分，每一秒。

一枚硬币

寺里的老师父们常说我是长不大的孩子，的确，我有时候真的很天真，我也觉得自己像孩子，而且我真的挺喜欢小孩子的。

记得有一次放假回家，看到村子里有几个小孩子围在一起抛硬币玩，我也过去凑热闹。

他们玩得正起劲，我故意一把抢过硬币，拿在手里，问他们：“知道这是什么东西吗？”他们说：“是钱。”我呵呵一笑，“你们还知道这是钱啊？你们可要把它保管好哦，这可是你们父母辛苦劳动的血汗钱啊！”

孩子们可能还不理解什么是血汗钱，一脸疑惑地看着我说：“什么呀，就是个硬币而已啊。”

我故意逗他们：“既然就是个硬币而已，那我把它拿走了。”说完顺势把硬币装进我的衣服口袋里。

“拿来，还给我，给我，给我……”几个小家伙把我团团围住，想要回他们的硬币。那时候，我父亲正好在旁边，他看到几个小家伙不停地嚷嚷着，就对我说：“快把钱还给孩子。”

“我是跟他们闹着玩呢！没事！”我并没有理睬父亲的话，而是继续和小家伙们争抢硬币玩。

这时，父亲又喊我，而且是一脸严肃的表情：“儿子，你可是出家人，怎么这么爱钱呢？”

我瞬间错愕，这都什么跟什么嘛！然后想想父亲说的话，再看看他的表情，我真的是哭笑不得啊！

“爸爸，我是和小孩子们玩呢，不是真的抢他们的钱。”

“假的抢也不行！你现在已经是出家人了，就要多注意自己的言行，不要做出什么让别人误会的事才好。这已经不是你一个人的名声问题，还可能会影响土登寺的名声，甚至会影响仁波切的名声。”

父亲平日里脾气很好，话也不多，信仰佛教。可是小时候，我经常觉得，他的信仰迂腐可笑，因为每次我们的玩笑话只要涉及宗教、寺院、佛法之类时，他就特别容易当真，还一本正经地教育我们。后来，我懂了，他这是虔诚。

我不再取笑父亲的一本正经，用自己在寺院学到的佛法开解他：不要总是在意别人对我们的看法，出家修行不需要瞻前顾后，只需要虔诚念佛，精进修持，不生邪念。

他让我嫉妒

土登寺的生活，有时候清闲，有时候忙碌。

有一次，我和寺里几个师父一起劳动，从早上一直干到第二天凌晨四点，大家都筋疲力尽了，于是商量着：“要不然，先休息一下吧，一会儿九点钟的时候，我们再来接着把活干完。”大家都同意了，便各自回房了。

那时，我和一位年长的师父同住，我刚一进屋，便一头扎进被窝，准备睡觉。而那位师父却端坐在床上，做起了功课。

我觉得他好奇怪啊，他也和我们一样，干了一整天的活啊，怎么不累吗？

我就问他怎么还不睡，他竟然说："我功课还没做完呢。"

我说："做什么功课，一会儿还要起来干活呢，赶紧睡吧。"

老师父说："我每天的功课都不断。"

我觉得他好迂腐啊，就故意说他："现在已经是第二天了，你昨天的功课反正已经拉下了，今天的功课可以下午或者晚上再做啊。"

我本想着自己是好心提醒他，没想到他完全没有开窍："是不是灯照着你，你睡不好？我就剩下几段没背过了，念完了就马上关灯。"

"随便你了。"我也没话说了，只好自己睡去了。

第二天晚上，我忙完躺到床上，想起了仁波切说过的话："要成为一个很好的修行人，首先要对自我有所了解。夜深人静的时候躺在床上，思考一下，你这一天想了什么、说了什么、做了什么，哪些如法[①]，哪些是不如法的，哪些符合善业，哪些是不符合善业的，哪些得当，哪些是不得当的。"

我便检讨自己，为什么没有赞叹人家坚持做功课，反而还讥讽似的说了一句，"这已经是第二天了"。这也许就是现在大家常说的羡慕嫉妒恨吧！

后来我向老师父道了歉，并赞叹他："我觉得你很了不起啊，那么晚了都还想着修行。"

他还是一如既往地淡定，说道："做功课做习惯了，睡前不做，躺下来也不踏实。如果每次都想着明天再做吧，那万一明天又有其他事情忙呢？明日复明日啊！再说了，一旦中断再捡起来，可要很长时间呢，也比较困难，因为懒散惯了。养成坏习惯容易，养成好习惯难啊。"

老师父就是老师父，被他一席话说得，我真是惭愧！

虽然他可能读的书没有我多，对佛学名相的认知也不是很深刻，但他却是踏踏实实地在修行。老师父念诵时，即使念得磕磕绊绊，理解得也不见得好，但是他能每日坚持不辍。

---

①如法：契合于法理。指随顺佛所说的教法而不违背。

所以我常说，我很钦佩我们寺里的老师父们，他们对佛法很有信心，对上师恭敬谦卑，而且更可贵的是，他们能每天坚持修行功课。

当然了，这一群令人尊敬的老师父们，也是性格各异的：有的做事麻利，有的为人直来直去、极为实诚，有的认真可靠，有的善于言辞，有的博学多闻，也有淘气调皮的。但他们大都对自己有穿着僧衣尽形寿的期许。

一块黄油

在藏地，民间流传着一个故事。有一个穷人，因为贫穷，生活很落魄，家里经常揭不开锅，他为此非常烦恼。为了摆脱贫困，他很精进地修持黄财神[①]，终于把财神修成了，他可以与财神对话了，他为自己从此可以摆脱贫穷生活而高兴。但是，不久之后他就发现，虽然能与财神对话了，但并没有因此改变自己贫穷的生活，他心中开始有些埋怨，埋怨财神不帮他，埋怨命运不公。

有一天，镇上的大户人家施粥，他也去讨得了一碗。财神就对他说：“我今天赐予了你宝物，你有没有看到？”

他说：“你给了我什么呢？我今天一天就得到了一碗粥，所有的穷人都能得到这粥，没有你，我也一样能得到。”

财神说：“你没看到你的粥碗里多了一块黄油吗？”

他很沮丧地说：“这也算啊？”

财神说：“这黄油本是不该给你的，是我硬塞给你的。”他奇怪地问为什么。财神讲：“你宿世没种过什么善根福德，所以今生十分穷苦。”他问：“要如何消除穷困呢？”财神说：“要懂得积福德。”从此，他便开始种善积福，

①黄财神：藏名藏拉色波，是密教之护法神祇，诸财神之首。黄财神是藏传佛教各大教派普遍供养的五姓财神之一，因为身相黄色，故称为黄财神。

后来果然成了极富有的人。

对个人而言，福德是非常重要的。只有具足福德的人，才能具足智慧，才能懂得精进，才会有收获。如果一个人缺乏福德，那就没有智慧，不懂得精进，更谈不上收获了。

男女平等

土登寺的生活比较清闲，所以闲暇的时候，寺里的师父们喜欢聚在一起聊聊天，聊天的内容可广泛了，上到天文，下到地理，从古至今，什么都能成为他们的话题。有些话题，新入寺的小师父们听了，瞠目结舌。比如什么男女啦，婚姻啦，恋爱啦，鬼故事啦，等等。

有一次，一个师兄就在闲聊时大谈男女之道。他说："现在社会的很多人都不晓得真正的男女相处之道，男人和女人之间总是互相抱怨，互相猜忌，即便是结婚了的，离婚率也很高。为什么呢？那是因为外来的西方思潮把中国人的脑子搞乱了！"

那时候我真的很好奇，一个出家人怎么会明白男女相处之道呢？

这位师兄侃侃而谈："自从近代西方思潮进入中国后，中国人对其盲目崇拜。比如，妇女解放、男女平等之类的，全盘吸收。不仅是汉地，就连我们藏地现在也受到了这些外来思潮的影响，很多人都嚷嚷着要解放妇女，要男女平等。那现在解放了吗，平等了吗？不知道。我只知道，现在离婚率比以前高了，我只记得，以前大家都很单纯，日子也都过得很好，夫妻之间也都能相互包容、共度一生。可是现在，好多人的日子怎么就过不下去了呢？

"我觉得，外国的东西，不一定都适合我们啊！他们说的男女平等，在我们中国人看来，不一定是正确的。不能简单地说男女平等，应该说男女互相尊重。

"男女是没法平等的，这有生理的原因，也有社会分工的原因。男女平等，女人生孩子受痛苦，那让男人也受点痛苦，可能吗？他就不会生孩子嘛！男人要扛几个麻袋重的粮食包，要平等，那让女人也扛同样重的粮食袋，行吗？不行，女人天生就没那么大的劲。

"正是因为现在有些人整天把西方的理论不假思索就硬套在中国人身上，甚至很多人因此而家庭不和睦，妇女因为丈夫不照顾孩子，而和丈夫吵架，说男女平等，咱们都应该照看孩子，凭什么让我一个人带？丈夫抱怨妻子不会赚钱，说男女平等，养家的重任不能落在我一个人身上，你也要和我同等分担。结果，家庭矛盾就因此而产生了，甚至很多都闹到了离婚的地步。

"其实，男女之间应该相互尊重，相互理解，男人理解尊重女人带孩子的辛苦，女人理解尊重男人在外工作的辛苦。男女分工，互相尊重，各取所长，优势互补，家庭才能和睦融洽。"

师兄的这一番男女之道，我当时没有真正理解，只是固执地一直好奇，他是怎么总结出这些言论的，甚至幻想了很多故事，还曾窃笑。后来渐渐长大了，成熟了，读了佛法，才明白当初自己是怎样的我执[①]。

不要不懂装懂

寺里的老师父们经常教育我们这些后辈，平时诵经学佛的时候，不懂一定要问。不然的话，是学不透彻的，那样一辈子也不会修出成绩的。

年纪小一点的小和尚们，有的因为刚入寺院，对佛法还真的不是很熟悉，也不知道该问什么，可是，又怕师父们以为自己不问，是骄傲自满。所以，一

①我执：佛教中指对一切有形和无形事物的执着，指人类执着于自我的缺点，包括自大、自满、自卑、贪婪。

些小和尚经常聚在一起讨论，看能不能共同发现一些问题。

有一段时间，年轻的师兄弟们就特别勤奋，经常可以看见他们下了大殿，几人还聚在一起学习。

过了几天，一个小师弟跑去找老师父问问题了，老师父当然很高兴了。

小和尚说："老师父，我这几天诵经，突然有一处不明白，请老师父指点。"

老师父点点头，表示允许他发问。

"请问，大白散盖佛母是男的还是女的？"

这个问题一出，老师父一下给怔住了，他不知道如何回答了。

虽然师父们每天上大殿诵经的时候，都会念诵到大白散盖佛母，老师父也天天诵读，他对这个佛母也可以说是相当熟悉了，可是他自己以前只顾着诵读了，竟然从来都没有考虑过这个问题。

他一时不知道该怎么回答，只好说了一句："让你们问问题，是为了让你们在学习的时候多发现问题，早早进步，你问这么简单的一个问题，证明你根本就没有好好认真地思考，回去继续学习，去吧！"

小和尚不知所措，以为自己又闯祸了，吓得灰溜溜地退下了。

老师父教育小和尚，不要不懂装懂，有问题一定要问，这是对的。我们每个人都应该有这样的学习和修行态度。只是，在要求别人的时候容易，到了自己身上就难了。

两个厉害的小鬼

平时在寺院里，闲暇的时间很多，彼此之间串个门，或者三五人聚在一起聊个天，这都是再也平常不过的事儿了。我们在一起聊的话题很广泛，上至天文，下至地理，佛学、人生、文化，都会涉及，还经常在一起说说鬼故事。

不记得是哪位师父讲的了，但是故事内容至今记得很清晰：曾经有两位出家人，修行很精进，以致遭到了两个小鬼的嫉妒。鬼很怕这两个出家人修成得道之后，会危及自己，所以他们相约要一起对付这两个出家人，阻止他们修行。

第一个鬼把其中一位出家人杀了，他想着结束了出家人的性命，就彻底阻止了他的修行。另外一个出家人，把自己死去的同伴安葬了之后，继续精进地学习。

藏地的修行人，有早上供佛、晚上供护法的习惯。就是每天修行之前，先要供佛。盛放供物的器皿叫曼达，外形类似于烛台，一般分为上下两层，供佛提倡以素食供养；每天晚上修行完毕，要供护法，供护法的要求没有那么严格，五谷杂粮、牛肉干、饼干都可以，还可以供奉酒水。

盛放供物的曼达一定要早上供奉，晚上撤换，第二天早上再供奉，晚上再撤换。每天撤换掉的供物不能食用，也不能随意丢弃，应该在屋外空旷处，倾斜 45 度向空中抛撒。

这个出家师父每天修行之前，都恭敬地供奉曼达，晚上下座之后，又把曼达里的供物，撒向窗外。几天过去了，一次，他在屋内打坐修行的时候，偶然间转眼向窗外望去，惊奇地发现，自己平时抛撒供物的地面上，长出了粮食的幼苗。原来他每天抛撒的五谷已经落地长成了。从此以后，他每天关注的就不再是修行了。等到窗外五谷丰登的时候，他离开了蒲团，脱下了僧衣，到田地里收割去了。刹那间，他从一个僧人变成了一个农夫。

过了些时日，两个小鬼相遇，谈起了各自的成果。第一个鬼骄傲地说：“我把那个修行人杀了，他以后再也不能修行了，绝吧，哈哈！”

第二个鬼说：“一点儿也不绝。”

“死了，还不够绝啊？”

“不绝！毕竟他一生行善修道，你把他杀了，说不定他死后还能升天，升到修罗道去呢，那我们的目的根本就没有达到嘛！他还有善业的修持力，他必定在轮回中获得解脱。我做得比你绝多了，我以自己的神通力，让那个出家人每天撒掉的曼达里的谷物落地生长，五谷丰登，当他看到这些的时候，生起了贪婪的心。最后他脱掉了僧衣，做起了世间事。做世间事，必定会造无量业，这样他之前所积聚起来的善业功德就会耗尽，与此同时也会积起很多恶业。别说是修道了，自我解脱都很难了。”

人最大的敌人，莫过于贪婪。

“和尚有钱”

2007年，有几个政府官员来土登寺视察。其中一个官员还和寺里的师父们坐在院子里，闲聊了起来。

官员说：“现在的和尚最有钱了。”

旁边的师父们说：“现在很多人都这么说。”

他说：“这是事实啊。你看，现在下馆子的出家人还是挺多的。”

寺里的一个侍者接话说：“既然你觉得我们和尚有钱，那不如咱们换一换吧，我用我一年的生活费换你一年的工资，怎么样？”

官员问：“你一年的生活费有多少啊？”

侍者说：“七七八八加起来，一年也就是三千多块钱吧。我可没骗你，其他师父都可以为我证明。”

官员说：“那不换。”

侍者说：“那你怎么能说我富有呢？”

官员说：“我要养家糊口啊，你一个和尚，一人吃饱全家不饿呀。”

旁边的师父们就说：“这有什么可抱怨的呢，那是你自愿的。再说，下馆子的一般都是年轻的师父。他们下完馆子，衣兜比脸还干净，回来连电费都交不起。

你怎么能说他们富有呢？你们干部不是常说，‘没有调查就没有发言权’吗？”

官员赶紧赔笑说：“说说而已，你们别那么认真嘛！”

其实，不仅是这一个人，很多人都认为，现在的和尚很有钱，现在的和尚不好好修行，专门招摇撞骗。

现在的社会对我们出家人误解太深，以至于很多人只要听到一个假和尚的新闻，就以偏概全，说所有的和尚都是骗子，甚至以讹传讹，越传越离奇。

我记得古人曾说过：众人的嘴是祸，众人的手是金。我们只能在心里希望，有一天，世人可以接近真正的佛法。

这时，一位老师父开玩笑说：“我们就把这些当成是大家对我们的祝愿吧。说不定，有一天佛法大兴，学佛的人真的能变成有钱人呢！”

那位官员又说：“和尚也这么爱钱啊！”

一旁的师父们呵呵笑了，没有辩解。过了一会儿，大家便各自散了。

和尚谈教育

听说现在的社会特别重视教育，尤其是有孩子的人，他们不仅重视孩子的教育，还注重教育的方式方法。我们寺里也很重视教育，一群师父经常聚在一起探讨怎么教育小和尚的问题。有的时候，说着说着就成了辩论赛了。

有些老师父说：“小孩子不听话，就应该打一打。”

年纪稍轻一点的师父就会反驳道：“打是解决不了问题的，现在社会上不是常说嘛，打人是落后的教育，要用赞扬和激励的方法，因材施教。所以我们寺里的老观念也要改一改，我们要坚决抵制暴力和不文明的行为。”

说着，大家就来了兴致，分出正反方，讨论起这一宽一严两相矛盾的教育方法。

“小孩不像大人，没有什么自律性和判断力，认知力更是有限。单凭讲道理，是很难教好的，要有一些惩治措施，让他们明白事理对错。”

“是啊，小孩子不能和大人比，他们的承受力更不能和大人相比啊。严厉的惩罚只会造成心灵创伤，留下童年阴影。我们要像西方人学习，用赞扬和鼓励的方式来教育他们。”

“难道西方的就都是好的吗？”

“我不是这个意思啊。”

“那你干吗开口闭口都是西方呢，就因为你读了几本外国人的书，就忘记自己是哪国人了？我们也有自己的文明啊。”

“难道打人就是我们的文明？”

这都是什么啊,说着怎么就吵起来了。看着他们一个个争得面红耳赤的样子，真是让人觉得既好笑又可爱。

每次吵得快要打起来的时候，肯定会有一个老师父出来喊停：“大家都是出家人,不要这么激动嘛！算了,算了,这个话题我们以后再说吧。走了,散了吧。”

“哼！”一个个气得脸鼓得圆圆的，各自回屋了。

下次再见时，又都笑嘻嘻的，全然忘记了以前的不愉快，有的人甚至还会笑着说：“哎，上次我们说到哪了，接着说啊！”接着，肯定跟上次一样，不欢而散。

关于这个话题，大家就像这样，谈论永远没有结果，却还能一直周而复始地进行着。至于教育小和尚，当然还是各人有各人的方法了。

自由恋爱

我们土登寺的生活总是清闲的，大家除了做功课、修行外，其他时间也会聊些家长里短，甚至是外面的一些“新闻”。最近，寺院里的师兄弟们，聚在一起都在聊附近村子里的一个贤惠媳妇。

据说，她是以前在我们寺院出家的一位师父的儿媳妇。这位老师父，也可以算是我们的师叔了。新中国成立前，他就在我们寺院出家了，只是后来因为特殊原因被迫还俗。回家后，他就成家生子了。他的儿子长大后很优秀，成了当地的一名公务员。后来，他儿子自由恋爱，娶了媳妇回来。媳妇很贤惠，每天照顾全家人的饮食起居，公公年迈躺在床上不能动，也是全靠她细心照顾。媳妇的美名很快就传遍了整个村子。一时间，村里人茶余饭后都在谈论这位贤惠媳妇，说她的公公婆婆很有福气。

这让我想起我的爸爸妈妈，爸妈对我们说，他们也是自由恋爱结婚的。难怪他们的感情也一直很好呢！爸妈结婚几十年，在我的记忆中，他们从没吵过架。妈妈教育我们的时候，即便是妈妈错怪我们了，爸爸也不会当场指责妈妈，而是反过来批评我们：“妈妈整天这么辛苦，你们不知道体谅她，还不听话，惹妈妈生气，快给妈妈认个错。”爸爸会在没有人的时候，私下给妈妈指出她的错误，然后第二天，妈妈就会来向我们道歉。

同样，如果是爸爸犯了错误，妈妈也是如此：“是你不听话，爸爸才打你的。”

爸爸三十多岁的时候生病了，在医院里躺了好几年，回来后虽然能够生活自理，但手脚落下残疾，妈妈不离不弃，一直照顾他。

所以，我一直都觉得自由恋爱挺好的，而且幸福指数比较高。

在我们寺院里，平时大家讨论的话题可宽泛了，恋爱、结婚之类的，我们也毫不回避。在藏地，寺院僧人离开寺院还俗的也有很多，这很正常。不管是还俗的，还是继续修行的，这些都是个人与佛祖的因缘，不可强求。

第三章

和仁波切在一起的日子

作为上师仁波切的侍者，自从出家以来，我一直都跟随在他老人家的身边。仁波切一年大部分时间都在闭关，而且地点飘忽不定。十几年来，我跟随仁波切一起云游四海，或住山，或住寺，认识了太多的人，也朝拜过无数个圣人隐居之地。

跟仁波切在一起，我的心很安宁。我觉得自己找到了可以一生信赖的上师。和他在一起的日子，点点滴滴我都记在心间。

慈悲和善的仁波切

仁波切是我出家依止的上师，是土登寺所有僧人的荣耀，僧俗众弟子都很尊敬他，称他为无上瑜伽士秋英多杰仁波切。仁波切是藏语，汉语的意思就是人中最尊贵之宝，如意宝。

现在很多人提起仁波切，都赞不绝口，说他是一位凤毛麟角的大成就者，言外多有羡慕之意。其实，我们不能只看到仁波切的成就，他早年的坎坷遭遇，四十年与世隔绝的闭关生活，还有他待人的温和仁慈，对弟子的关怀爱护，这一切的一切，我们也应该看到。

据说，仁波切十岁就出家了，虽然年纪小，可是他很聪慧，寺院要求念诵的多达五六百页的仪轨，仁波切短短一年便熟背了，后来他还去了江玛佛学院求学。

可是，世事难料，因为一些历史原因，仁波切被迫参加劳动改造，受了很多常人无法想象的苦难。再之后时局稳定，仁波切开始闭关修行，这一闭关，便是四十年。

说起闭关，我也是深有感触的。作为仁波切的侍者，我跟随仁波切去过很多地方闭关。

闭关大体可分为严谨、适中、宽松三种方式。

严谨式的闭关，自每日清晨五点钟到半夜十二点，每日四座，每座四小时，中间仅有很短的时间供煮茶读书。晚上夜不倒单，意思就是说，晚上不睡觉，一直盘腿打坐到第二天清晨。听寺里的老师父们说，仁波切他老人家起初闭关的十几年，都是严格按照这样的方式度过的。

适中式的闭关是每日四座，每座三小时。

宽松式的闭关只需上午和下午各修一座，当然也可以依自己的情况而制定作息，至于闭关阅读经藏的人，便以读书为主，修法为辅。

因为常年闭关的原因，仁波切大多数时候都是头发齐颈，有时下巴上蓄有银色的胡子。所到之处，众人都会躬身唱诵迎请文，而仁波切总会对着大家微微前倾，始终面带微笑，体现着他一贯的谦和。

可爱的秋英多杰仁波切

仁波切为人加持时，身上总是洋溢着慈悲、智慧和威德力的气息，每个人见到他时，都能深深领受到佛法的力量和加持。很多人跟我说：“我带着诸多的疑惑和苦恼而来，当迈进仁波切的门槛，见到他老人家的笑容时，所有的痛苦和问题突然烟消云散，我进入了一种宁静而舒适的状态，似乎忘记了一切，要问的问题也忘了。”我就建议他们，下次做个笔记来提问。

仁波切不仅修行很好，还爱读书，他的住处更像是书屋，满满的都是书。当我的师兄弟们相互提问不知答案，抑或众说纷纭莫衷一是时，又或者找遍了全寺院都找不到要查阅的那本书时，大家就会不约而同地说：“找上师去。”

我真的觉得，自己是被上天眷顾的幸运儿。我幸运地成了仁波切的弟子。更幸运的是，从出家那天开始，我就成了仁波切的侍者，跟随左右，照顾起居，打理一应事务。因此，时时都能聆听到他老人家的教诲。

明处注意，暗处留意

刚出家的时候，我还是个孩子。一个人初到寺院，总是小心翼翼的，因为我很怕犯错，更怕犯了错以后挨打。所以，每次某某师父交代我干活，我立马就去干，派活的师父要是再来问我，我就恭恭敬敬地回答“干完了”。有时候我答完话后，派活的师父半天不吭声，我还以为他不相信我的话，赶紧说：“我发誓，我真的干完了，我没有偷懒。”

后来，我和寺里的师父们在一起说话的时候，就经常爱说“我发誓”“阎罗王可以替我作证”……

渐渐的，我发的誓越来越多，发誓的内容也越来越可怕。就这样我养成了发毒誓的习惯。

有一天，仁波切问我：“当天的功课做了吗？”我顺口就说：“我发誓，我真的做完了……”

仁波切打断了我的毒誓，他说：“你为什么要不停地发毒誓呢？我没有不相信你的话呀！你是为了加强你说话的真实性吗？”

我这才意识到自己刚才发了一连串的毒誓，觉得很不好意思。

仁波切接着说：“也许你第一句话有加强的效果，但当你不停地发毒誓的时候，不但没有给我信任感，相反我会开始怀疑你所说的话的真实性。这是一个不好的习惯，你应该戒除。从世间的角度来讲，发毒誓有失教养；从出世间的角度来讲，毒誓有极重的罪过。以后不要发毒誓了。说话的时候，如果要想加强语气，可以说，‘真的是这样’。相信的人，总是会相信的。”

听了仁波切的教诲后，我知道了自己的错误，决定改正。不过，说起来容易，改起来难。有一段时间，我都不敢去见仁波切，生怕自己又一不小心在他面前发起什么毒誓，怕他说我改不了坏习惯。其实，我是真心想改，只是要完全改掉，需要时间。

后来过了几天，仁波切见我没有去见他，就喊人叫我过去。我非常敬畏仁波切，在进他房间之前，自己紧张地在心里一遍遍地默念：“别发毒誓，别发毒誓……”但是见了仁波切，还是不小心说了一两句，我当时非常羞愧。

仁波切没有责备我，笑着对我说：“很不错哦！比上次说得少了一些。你若想戒除这个毛病，不仅仅是在我面前要注意，私底下也要注意，这样你就能做到完全不发毒誓了。”

之后，我与其他人说话时，也尽量注意避免。再过了一些时日，仁波切便说：“很不错了，你开始不发誓了。要懂得平日里自己注意，要改掉很多不好的习惯，不仅仅在有人监督你的时候，在没有人的时候更要留意。这就是暗处留意，明处注意。”

听说他很坏

在寺里的时候，经常会有居士跑来对我说："某某人如何如何坏，你以后不要带他去见仁波切了。"

听完这位居士绘声绘色的描述后，我也觉得那个人很坏，就对仁波切说："听说某某人很坏，您以后不要见他了！"

仁波切说道："是吗，那就让他进来吧。"那居士进来后，仁波切一如既往，和蔼可亲地接见他，传法，开示。

我心里便犯嘀咕：我都跟仁波切说了，仁波切怎么还是那样对待他呢？

几天后，仁波切见我闷闷不乐，主动前来和我搭话："你是怎么知道那个人很坏的呢？"

"我听某某居士说的。"

"那你去证实了这句话了吗？"

"还没有。"

"那你怎么知道这句话是真的呢？要明白，道听途说的话，有真有假。即使是真的，也许他正是因为这些问题来找我的。如果他是个完人，就没有必要来找我了。如果你想在我身边做侍者，以后，耳根子不要那么软。他人说什么话，你要仔细想一想，去核实一下，心胸要豁达一点，学会包容，真诚待人。"

仁波切微微一笑："好了，你可以出去了。一会儿，把说人家的那位居士请进来，要给人家一个微笑啊。"

不想和师兄一起做事

我是仁波切的侍者，所以他经常会安排一些活让我干。大部分情况下，我都是很欢喜地答应，然后很努力地去把它做好，因为我们师兄弟都很期盼得到仁波切的一个称赞，这比给我们吃糖果还让我们开心和兴奋。

有一次，仁波切叫我到他屋里去。我进去后才发现，房中还有一位师父。接着仁波切对我说："你们两个一起把这些活做完吧。"

我很不乐意，嘟着嘴说："仁波切，他太聪明，我太笨了，我们俩根本就干不到一起，还是各干各的好一些。"

仁波切转过身来问这位师父愿不愿意和我一起工作，这位师父说他愿意。仁波切看我还是一脸的不悦，只好对我说："我觉得，你们一起做事会比较好，可以取长补短啊！考虑一下我说的话！"

第二天，再见到仁波切的时候，他问我："昨天，我让你考虑的问题，你回去有没有考虑呢？"我很惭愧！

仁波切说："藏地的古谚里有一句话，新神不如旧鬼。你知道这是什么意思吗？意思是，新来的人即使看上去再好，你也不了解他究竟好还是不好；了解的人，再怎么有缺点，知根知底，这样自己可以把握一个尺度。如果能够用人所长、容人所短的话，才算是真正的聪慧之人啊！人能像宽容自己一样宽容别人、像责备别人一样责备自己的话，才会成为贤达的人。再守好戒行，如法地修持，才会成为一位了不起的修行人。回去以后，再好好想想这段话。"

仁波切就是这样，永远都很平和，对于我们的无知和错误，他从来没有发过脾气。

被打断的念经

以前，常常会有一些在家修行的人到寺院来找仁波切诉苦，讲他们在修行的时候遇到的一些障碍和苦恼。

我因为常年跟随仁波切，也见到过很多人，听到过很多的故事。还记得，曾经有一个居士说：

“我在家做功课的时候，家人会突然闯进来或是频繁地敲门，问这个东西放哪里了，那件事情又怎么样了。当时，我脾气挺大，就会对着家人吼，‘没看到我在念经吗？！’家人只好拉上门出去，但我的心情完全被破坏了！

“后来，我学着克制自己的脾气，不再大声吼，但也会瞪一眼，指指自己的经书，表示自己的极度不满。”

修行也是修心,念经反而把自己的心念得更烦、更乱了,这不是本末倒置吗?

我一定改

在土登寺里，所有的僧人都很佩服仁波切。因为他常常做出一些让我们都意想不到的事情。

寺里有一位师父，因为脾气比较古怪，所以人缘儿很不好，大家好像都不喜欢他，也没有人愿意和他一起干活。

有一次，仁波切把这位师父喊到他的僧房里来。当时我也在场，只听仁波切说：“几乎所有的人都说你不好，只有一个师父没有在我面前议论你，他这个人很不错。我本想把你们俩安排在一起干活，顺便改善下大家对你的观感，结果你可倒好，不仅跟人家争吵，还差点动手，为什么呢？”

“仁波切，我听说，他也说我的坏话了呢！”

“唯一没在我这里说你的人就是他了。虽然以他的性格，把你们两个安排在一起是不太可能了，但你还是应该向人家道个歉。”

言毕，仁波切垂头闭目坐了一阵，然后问这师父：“你知道我现在在想什么吗？”那师父摇头不语。

仁波切说：“你别紧张，我不打算训你。我是在想，现在怎么帮你好呢？我都不知道该怎么帮你了。如果我在大家面前说你好，没人赞同，甚至可以说没一个人听得进去，那也不管用；如果我说你不好，大家是都赞同了，但我还要时不时地为你维护一下形象，说一说你的优点。如果你觉得，我为你做得还不够，那你希望我怎么做呢？没关系，你可以提出来，只要行得通，我都可以考虑。我们可以拿全寺的师父做个试验，他们都听我的。要不你给我一个提议？”

这个师父头都快要碰到地面了，什么话都没说。

仁波切问：“怎么不说话呢？”

他惭愧地说：“不用了，仁波切。我改，我一定改。”

这就是我的师父，我的仁波切，他在我心里永远都是智慧和善良的化身。

这也是一种修行

藏地的人民都很信教，也很信任出家的僧人。有些人生病了、身体不舒服了，看了医生仍然不能缓解痛苦的话，他们就会来寺院请出家的师父给他们做加持，他们希望佛祖能庇佑他们，帮他们减轻痛苦。

有一次，土登寺里来了很多病人，他们都是来请仁波切做加持的。因为人实在是太多了，仁波切已经连续劳累了好几天，我很担心仁波切的身体，在一旁扶着他，还不时地对他说：“仁波切，人太多了，摸摸顶就可以了。大院子里都坐满了人，这样加持，到明天也结束不了啊。”

仁波切说："没关系，没关系，我给他们做加持，也不见得能减轻他们的病痛苦恼。只要他们高兴就好，高兴就好。"

过了一会儿，我又拉拉仁波切的袖子说："可以了，可以了，仁波切。"

没想到，仁波切反过来问我说："你是不是累了？你要是累的话，可以去那边休息休息。"

我说："我不累，我是怕您辛苦啊。"

我这样反复劝了很多次之后，仁波切便笑着对我说："我这样加持不怎么累，倒是你不停拉我，这有点累人。"

这时，仁波切看见旁边还站着另外两个侍者，便喊他们："你们两个过来扶一扶我。"然后再转过身来，对我说："你去照顾一下上梯子的老人，牧区的人不太会爬梯子。他们到我这里来，本来是希望更好，如果从梯子上滚下去了，那就不好了。去背一背那些老头老太太，用心地去做。"

仁波切加持的地方在一个高处，往来都是要爬梯子的，来寺里做加持的人都是先在院子里排队等候，然后依次上梯子去找仁波切。

听了仁波切的话后，我便跑下梯子，背那些老头老太太们。刚开始，老人们不让我背，说："你们是出家师父，不能这样的，罪过啊。"

我赶紧说："没关系，没关系，仁波切让我照顾你们。"

他们身上散发着浓浓的肉和酥油的味道，我起初还有点不太习惯。但每次背完，看到老人们开心的表情，之前的不适感立马烟消云散了。

我就这样一直背着老人们上下梯子，直到晚上两三点加持结束。

之后，我去了仁波切的房间问候他。仁波切说："不辛苦，不辛苦。有没有去照顾那些老人？"

我说："去了，我还背他们了，仁波切。"

仁波切说："很好很好，你要明白，这也是一种修行啊！你应该观欢喜，回去想一想。这事明天还是你来做。"

正法的精髓不在土石

我们土登寺不算一座大寺院，而且还坐落在一个偏僻的小乡镇，但是我们寺里还是经常会来一些访客：有当地的信众，有附近寺院的修行人，还有很远的汉地来的信徒，他们大都是来参访仁波切的。他们都很信任仁波切，求仁波切给他们讲法开示，求仁波切给他们做加持，当然，他们有些人也会很虔诚地给仁波切供养。

仁波切为人很慈悲，有时候见到穷苦的人，就会赠送一些钱财。因此，也经常招致一些非议。我记得有一次，仁波切在大殿上开示："我听说，有些人抱怨我把自己收到的供养给了其他寺院和别人，那我就趁此机会给大家讲一讲。我每天收到的供养，侍者都是有记录的。如果你们去翻看一下这些记录，会发现我每次给各个寺院供养的和给穷苦病患的钱并不多，只不过因为次数多了，积少成多而已。土登寺现在也有大殿了，大殿也不小了，师父们壁画绘得也不错。如果不是师父们自己画，按照我以前的想法，连壁画都没有打算画。我们殿里供的佛像也是泥塑的。对于一尊佛像来说，是泥塑的还是金塑的，加持都没有区别，区别在于你用什么样的心去礼佛。要知道，一座寺院的庄严，并不在于大殿有多么宏伟，佛像有多么高大，而在于这里出家人的德行和修持。十世班禅曾说过，'僧众不在于多，而在于精，在于真正行持正法；寺院不在于多，而在于精，在于真正能成为民众朝拜、积福的地方。'"

从此以后，再也没有听到有人说仁波切散财了。因为大家都明白，对于修行来说，什么才是重要的。

后来有一次，我们寺里来了一位活佛。这位活佛来拜见仁波切，邀请仁波切参加他们寺院大殿的开光仪式。说起他们自己建成的寺院大殿和佛塔时，他眉飞色舞、喋喋不休，言语之间不难看出，这位活佛对于自己的功德很满意。

土登寺旁边的舍利塔，做工精巧，已成为土登寺标志性建筑。

做供台

仁波切静静听完这位活佛的话后，说道：“很好啊，虽然建造大殿、佛像是很有必要的，也都有殊胜的功德，但是，现在土石的建筑不少了，如果这都是佛法的话，现在世界上起了那么多高楼，那是不是那些高楼大厦要更殊胜呢？”

话落，活佛有些不好意思了。

后来，仁波切常常告诫我们：“要明白正法的精髓不在土石。”

只要是好书，都可以读

仁波切经常告诉我们要多读书，如果他发现哪个弟子在某一个方面有造诣的话，还会给那弟子提供进修学习的机会。以前，有一个师兄对医学特别感兴趣，他屋里有很多医学方面的书。他每天除了上大殿、做功课以外，其他时间总是抱着一本医学书认真研读。后来，仁波切知道了，就把这个师兄推荐给自己的一个学医的俗家弟子：“这孩子很喜欢学医，你看，你能帮帮他吗？能不能让他拜你为师，跟你学习？”

仁波切对所有人都很客气，即便他知道，没有哪个弟子会拒绝他。后来，这位师兄就跟着仁波切的俗家弟子学医去了。

仁波切一有空就会到我们的僧房去走走，挨家挨户地走。他想看看，大家平时都在干什么，有没有学习。有些年纪小一点的师弟买了很多卡通动漫之类的书，被仁波切看到了，便会很不好意思，他们怕仁波切批评自己不好好看正经书。其实，仁波切从来没有批评过大家，看到那些新奇好玩的书，他还要特意拿起来翻翻：“嗯，我看看，好不好看哦！”

我曾经在仁波切的书房里见到过马克思全集、毛泽东全集。这些书，仁波切都很认真地读完了。很多人都很不能理解：信仰佛教的人怎么能去看马克思的唯物主义理论呢？

仁波切认为，读书学习不要受阶级和派别的限制，每一种文化都有自己的优势，每一种理论也都有它的可取之处。他也常常这样教导我们。

正是因为有仁波切开明的指导，现在我们寺院的人才可以说是百花齐放：有医学研究生，有出国留过学、懂五国语言的师兄，有绘画唐卡的艺术家，有工程器械师，有吹管弦乐器的音乐家……

清理坐垫

新中国成立以前，结古寺每年都要修法，以遣除这一年的障碍。除了必修的法门之外，每次都会特别提到要清理坐垫。但是，僧值每次也只是把坐垫拿到大殿外面拍打拍打而已。

后来，有一届僧值说："我知道如何清理坐垫。"于是，便拿着僧值的皮鞭在大殿中巡视，并对师父们讲："没有守好戒的，滚出这间大殿！如果有人还胆敢厚着脸皮坐在这里，看我怎么收拾他！"说完，双目怒瞪。有些师父站了起来，离开了大殿。有些胆小一点的出家人，也不知道自己有没有破戒，但看到僧值手上的皮鞭，也都站起来走出去了。

过了一会儿，全寺最有德行的一位老师父也站了起来。僧值看到他站起来，非常惊讶，走过去问道："难道老师父，您也没有守好戒？"老师父说道："你所谓的戒，我一条也没有犯。但是佛陀所制定的比丘二百五十三条戒，我并非秋毫无犯。"僧值说道："老师父，您放心，我从来没对您老人家质疑过，我敢说全寺也没有人质疑。"老师父说道："我既然说出来了，也不打算收回这句话了。我觉得可以了，你就到此为止吧。"

之后，创古寺的管事听到此事，便打算效仿，他的上师说："不必。"管事说："上师，不能这么说，这是很有必要的。"上师对僧众说道："说到佛陀制定的所有戒律，你我都不一定守得很好。在我看来，穿着僧衣，最起码不会明目张胆地背着猎枪去打猎，也不会拿着绳索、举起屠刀，在众目睽睽之下把牛勒死。这都是身着佛陀法衣的功德。"

这是我从仁波切那里听到的故事。

师父，我要皈依

在仁波切身边当侍者，对我来说，是一件美差。因为可以跟着仁波切去很多地方，还可以见到很多新奇的人。

有一次，仁波切从北京出发，到五台山去闭关。当地的居士们找来了一辆车送我们去五台山。开车的是个二十多岁的小伙子。一路上，他不停地打瞌睡。每次他打盹的时候，我就很礼貌地提醒他一下，他清醒一下，就说："我知道了。"路途很长，他依然不时打盹，我提醒得多了，他就有些不乐意了。

我也不知道该怎么办了！

后来，我们几个侍者便开始唱诵祈请文。就这样，也没把司机弄精神。

看着我们都无计可施了，仁波切微微笑了一下，不紧不慢，用手摸了摸司机的手，念了一句六字大明咒。司机再也没有打瞌睡了。我们终于平安到达五台山。

吃饭时，那个开车的司机特地跑来跟我说："你们师父刚才发功了。他刚才念了个'嗡嘛嘛'什么的，摸了下我的手，我就清醒了，感觉很清凉，很舒服。"他看起来很激动。我偷偷在心里笑他，我们仁波切的"功力"他还没真正见识呢！

到了五台山不久，这个司机便决定要皈依佛门。但后来一听居士们说要守戒，又有些退缩了。

他来找仁波切，“师父，我想皈依，但他们说要守戒。我听了听，没一个守得了的。不守戒，可以皈依吗？”

仁波切笑笑说：“别说是皈依了，就是与三宝结一点缘，都是不可思议的功德。经典里记载，有一头猪，因被狗追赶，无意间绕了佛塔一圈，猪尾巴上沾着的一点泥巴甩到了塔的裂缝中。以此功德，命终之后，生于天界了。”

听了这番话，司机便决定：“师父，我要皈依。”

等于不知道

有一天，我像往常一样，把饭端进仁波切的房间。

仁波切用餐时，突然问我：“你听了多少回皈依的讲解了？”

“很多遍了。”

“你知道如何做皈依吗？有什么不明白的问题要问的？”

“仁波切，我听了很多回了，知道了如何做皈依，没有问题。”

“那你说说看。”

我讲的时候，才发现，很多地方记得不是很清楚，或者有些地方不知道该怎么用合适的语言表达。最后，磕磕绊绊地勉强说完了。

仁波切听后，说我讲得有些散乱，又重新给我讲了一遍。我心里不是很高兴，打断他的话：“仁波切，这些我都明白。”我觉得他有些啰唆。

“那你刚才怎么讲不清楚呢？看来，你平时只是听了听，却没有完整地记下来。回去理一理，再告诉我。”

过了几天，我按照仁波切的要求，重新去给他复述。这次，讲完之后，仁波切说：“还行。但是你所说的这些，你做到了没有？”

“没有。”

“那等于不知道。有没有去修一修呢？”

“还没怎么用功修。”

“这如同一个病人，得到了药典，背诵了一堆药方。光有这些能治好病吗？懂得了法义却不去实践，能对治烦恼吗？这些问题，你回去好好思考一下。”

仁波切合掌示意我退下，他要休息了。

我垂头丧气地从房间里走了出来。

傲慢的师兄

仁波切有个弟子，也算是我的师兄，修行修得很不错，闭关十多年了。但是他有点傲慢。

一次，他来见仁波切。仁波切坐在床上，问他，身体还好吗，修行修得怎么样？他说：“我修得不错，现在已经修到明智如量相了。”大圆满有四相：法性现前相、证悟增长相、明智如量相、法遍不可思议相。他说的这个已经是第三相了。

仁波切本来是靠着被子坐着的，听到这句话一下子身体就坐直了：“是吗？了不起，了不起。我还没修到这块呢，我得向你请教。我想请你示现下明智如量相的功德。你站起来，穿过这堵墙。”

说到这里，那位师父就愣住了，说：“上师，我做不到。”

“做不到，你凭什么说自己证到明智如量相呢？”

仁波切一拍桌子，接着说：“站起来，穿过去！”

那位师父就一个劲儿地给仁波切磕头。

仁波切说：“我没有让你磕头，我让你穿墙。做不到，就给我出去！”他还是在磕头。

仁波切对侍者们说：“把他拉出去！”

他出去后，还是在门口磕头。第二天，仍是来磕头。此后的每天都是如此。

很多天后，仁波切把他喊进来，说："我很高兴，赶你走，你都没有走。看来，这些年你是真的修行了。那么，请问你证到明智如量相了吗？"

"没有。"

仁波切说："你的修行还不错，体验也不错，这点我是承认的。不过，佛门祖师大德们的典籍里曾经讲过，'当傲慢与五毒增盛的时候，与道相远。'所以，你还是继续修行吧！"

后来，这位师兄就回去接着闭关了。

黄金与水的选择

一天中午，我像往常一样，在仁波切下座的时候把饭给他端进去。仁波切说："辛苦了，谢谢。"我说："不辛苦。"又看到仁波切的茶杯里没水了，便倒了一些茶进去。仁波切拿起茶杯喝了一口，突然问道："我给你一个选择的机会，你选择水还是黄金呢？"

我毫不犹豫地说道："黄金。"

仁波切问："为什么？"

"因为有钱的话，什么都买得到，包括水。"

仁波切笑了笑，说道："但如果没有水，即使你拥有一屋子的黄金，那些黄金的价值也连一滴水的价值都比不上。要明白，没有黄金，人是可以生存的；没有水，人是无法生存的。人要是无法生存，一切都是白搭。不过我也可以理解，你这么回答是因为你已经拥有水了。"

仁波切接着说道："人就是这样，一直在追求自己没有的东西，认为那是很重要的，因为得不到而苦恼。殊不知，那并不一定是你不可或缺的。也许最重要的就在你身边，但只是因为它离你太近，你已经拥有了，所以你忽略了它的价值。要懂得珍惜自己拥有的，要有一颗知足的心。”

“仁波切，那人要不要去争取呢？”

“做任何事情都应该努力，但是同时也要明白，人的欲望是无穷无尽的。俗话说，欲壑难填。因此，圣贤智者们说，‘知足财富库，富贵不能比。’是你的，祈请佛菩萨加被护佑，自己努力去做，你就能得到；不是你的，就别太强求。强求往往会带来诸多的苦恼。所以，努力之余，随缘为好。回去想一想吧！”

第二天，我端饭进去，仁波切问：“你回去有没有想过？”

我答：“想过了，仁波切。”

“得出了什么样的结论？”

“能借用的力量都用上了，自己也努力了，结果出来时，即使不理想，我也只能选择随缘，选择去接受，才能释怀，才能快乐。”

仁波切说：“好了，饭放在这里，你可以回去了。”

什么才是不急

2005年，有一次仁波切到西宁去了，第二天准备回玉树。临走的前一天，前来参拜仁波切的人有很多。不巧的是，用仁波切名字开的账户，我忘记密码了，只好请仁波切亲自去一趟银行。

当时，我和仁波切急着要去银行，因为再晚一点，银行就要关门了。可是，前来参拜仁波切的居士们把门口围了个水泄不通。我在一旁给大家解释道：“各位，仁波切明天就要离开西宁，回玉树去了。今天还得去一趟银行，请让一下。”

居士们说：“好，好，好。”嘴上这么说，可还在往前挤。就这样又过了十五分钟。我开始急了，就伸出大拇指，恳请大家理解，让一下路。居士们依然没有要退去的样子。

又过了一会儿，我真的是着急了："道理也讲了，恳求也恳求了，大家就让开路嘛！"仁波切在后面说："没关系，没关系。"还给每个人都摩了一下顶。

幸好，我们最终还是及时赶到了银行。

等到手续办完，我们起身往回走的时候，仁波切停下了脚步，对我说："你还是有点急了。"

我说："仁波切，刚才要是晚上个几秒钟，这事就办不成了。"

仁波切说："你知道什么叫不急吗？当你最急的时候，仍然能够以平静的心态去处理问题，这叫不急。在不太急的情况下，做到从容是容易的。"说着笑了笑，轻轻拍了拍我的脸颊。

疯癫的上师

有一位上师，人很随和，经常到我们寺里来跟仁波切聊天，也爱和我们开玩笑。听仁波切说，他是个大成就者。

不过，我也听到其他师兄说，这位上师很疯癫，平时还爱骂人。他经常会突然抓住一个弟子，问："我在哪儿？"猛的一下，把大家吓一跳。据说，也有反应快的弟子，直接回答："师父，我在这里。"

上师怒目而视，好像要向弟子扑过去一样，大声咆哮："拿出来，给我拿出来！"想想都怪吓人的。

听到这些，我真替上师的那些弟子担心啊。不过，听师兄们说，还真有开悟的呢！

有一次，这位疯癫上师遇到了他的同门师兄，两人多年没见，刚一碰面，疯癫上师就问对方："认得我吗？"

师兄说："认得啊，我们一起在上师如意宝前灌顶的啊。"

疯癫上师接着说："那有什么要说的吗？"

师兄被这突兀的问题给怔住了，只能说没有。

疯癫上师一边喃喃地说："没有就好，没有就好……"一边顺手拿起一个瓶子，砸向他们面前的一张玻璃桌。他像疯了一样地砸，旁边的侍者、警卫们看到后，赶紧过来把他拉住，强行拖了出去。

后来，仁波切问起这事，这个上师呵呵直笑，连说"没有，没有"。

也许，得道的上师都是这样奇怪的吧。

徒弟砍杀师父

息解派的一位上师，门下有一个弟子，这个弟子十多年来一直在师父身边修行，照顾师父及其家人，为人勤勤恳恳，大家都夸他忠厚、实在。

有一天早上，这个弟子一如往常，出去挑水，准备给师父和家人做早饭。等他回来的时候，路过师父的门口，无意间听见师父和家人在谈论他，他停住了脚步。

"你们别看那家伙平时任劳任怨、老老实实的，其实他有贼心。你们要防着点儿，尤其不要在他面前露财。"师父在屋里给家人们说。

听到这话，他一腔怒火一下子涌到头顶。十年来，自己一心一意地跟随师父，照顾师父和他的家人，没想到，终了自己原来在他们心中是个有贼心的坏人。他觉得委屈，但此时更多的是愤怒。他扔了水桶，拿把刀直接冲进师父的房间，师父见状要跑，他在后面紧追。他追着师父绕着屋中间的圆柱子跑了好几圈，师父迅速跑向门口，从外面把门反锁了。

他被锁在屋里不能出去，拿着刀乱砍，嘴上还不停地破口大骂，骂师父是如此不堪的一个人，骂师父没有良心。

这时，师父在门外说了一句话：看看你的心！弟子顿时开悟了。

这就是藏地的一种传法方式。

背沙袋上山

出家十几年了，学习佛法也十几年了，经常有人告诉我说，选择一个好的师父很重要，因为好的师父能将你引入正确的求法之路。但是，仁波切也教导我们说：寻找一个好的师父是很更要，但是更重要的还是要看我们自己的修行。

仁波切曾经给我们讲过一个故事：

有一位上师，他的一个弟子品行特别好，而且还很听话，只要是自己师父吩咐的事情，他都会立即办好。他对师父很尊敬，对于师父的话，他从来都没有怀疑过，因为他完全信任自己的师父。可是师父给他讲了很多次关于了悟心性的问题，他一直没有明白。

有一天，师父吩咐他，你去河边，背一袋沙子到山顶去。途中不准休息。不到山顶，绝不能放下沙袋。

师父的话，他一向都是言听计从的。他迅速跑向河边，装了一袋沙子，背上，朝山上走去。藏地的山都是很高峻的，要到山顶，可不是一件容易的事啊。不过，这个弟子真的按照师父的吩咐，把沙袋背上了山顶。

背一袋沙子爬山是很重的，而且中途还不能休息。当他爬上山顶，身体立即瘫倒在地。顿时，他感觉自己一切杂念全无，他高兴得一下子跳了起来：这不就是师父说的“了悟”吗？

藏地有个说法：好推理思辨者，难成就；敦厚具信者，易成就。试想，这个弟子如果是个爱动脑子的聪明人，师父叫他背沙袋上山，他肯定会思考，背沙袋干什么，为什么要背着沙袋上山呢？既然师父不可违，那我就去吧。我只要把沙袋背上山顶就行了，至于我中途休不休息，师父也不知道，我干吗不休息呢。只要把任务完成了就行了嘛！

如果真是这样，那弟子肯定是不能了悟的。

我不是活佛

一次，仁波切到结古镇去了，被结古寺的一个转世活佛给拦住了，活佛问仁波切："您说，我是不是转世活佛呢？"

仁波切说："我又不是转世活佛，我也没有认定过转世活佛，你怎么跑来问我？"

活佛说："我师父，结古寺的仁青江才要我来见您。他对我说，如果您说是，那我就是；如果您说不是，不管别人怎么说是，那我也不是的。"

仁波切很无奈地告诉这位活佛，他真的是无能为力，让他去找别的师父询问，便匆匆离开了。

仁波切的大名已经远播到结古镇了，像这位活佛这样来找仁波切的人有很多。我经常跟在仁波切身边，也会遇到很多这样的情况，虽然有时候也会担心他们打扰了仁波切，但是，说实在的，看见自己的师父被别人顶礼膜拜，我真的从心底里感觉很骄傲。

不过，仁波切经常对我们说，任何人都不是全能的，他也不是完人。他告诫我们，不要自以为有个优秀的上师，就沾沾自喜，自己就可以不努力了。

仁波切就是这样，总是能猜出我们的心思。

还有前面说起的这位活佛的上师——仁青江才老师父，他和我的上师一样，也是位了不起的修行人，但听说人有点怪。

据说，他的弟子曾拿着念珠在他面前走过，他就把弟子喊住："干吗呢？！""念咒呢，师父。"弟子老老实实地回答。师父听后，哼了一声转过身去，过了半天才转过身来，对弟子说："如果你是以清净心念诵，那么是有功德的；如果你是做给别人看的，那么趁早把念珠扔得远远的。"

仁青江才老师父走路遇到塔和大殿时，如果顺时针方便走，他就按顺时针绕，如果逆时针方便走，他就按逆时针绕。人家问他："你怎么逆时针走呢？"他说："你是师父还是我是师父呢？你懂法还是我懂法呢？"人家说："你懂，但是逆时针绕是不对的。"他说："对你来说不对，对我来说都一样。"人家问："怎么能都一样呢？"他说："看我死的时候一样不一样。"

他的脾气真的很怪，有时候还会骂骂人。

不过，大家都说他是一位有成就的上师。也许，上师都比较奇怪吧。

忍一忍

2002 年底，仁波切一行人来到了青海省玉树州杂多县的噶举派色日寺，应邀参加该寺的达吉嘉措活佛坐床仪式。

当地的弟子们慕名而来，执意要拜见仁波切，求仁波切加持。于是，每天从下午四点，一直到深夜一两点，仁波切不顾旅途疲劳，不顾法会的忙碌，慈悲地接见来访者，往往每天都要连续接见、加持好几百人。

第一天，人来得特别多。侍者们为仁波切的身体考虑，打算尽量让仁波切在午夜十二点以前就休息。于是，文青上师带着两位师父，走到了屋外，对着挤满了院子的求见者说道："仁波切刚到本地，一路上比较辛苦，现在快要到晚上十一点了，所以，我们侍者们决定，十一点之后就不再安排见人了，之后在场没能见上的，我们给每人发一张字条，明天凭字条可优先安排接见。"

这时，一位老头冲了过来，指着文青上师的鼻子，气冲冲地说：“我一直规规矩矩地在后面排着队，我们是从很远的地方赶过来的，现在不让见，你是什么意思啊？”文青上师说：“作为侍者，我要对仁波切负责，您指责我，这没关系，祖师大德说过，‘若无忍辱境，于谁修忍辱？’如果能让您消消气的话，您就指责我吧，我忍一忍就是了。”老头无奈，吐了吐舌头，合了合掌，然后退了下去。

仁波切的屋子中，人满为患，刚一进屋里，侍者就感觉到一股难闻的气味。

一个侍者捂着鼻子，走过去，回答仁波切的问话。

仁波切一下子严肃起来，问他：“你这是干什么，是我身上有气味吗？”于是，闻了闻自己的衣服：“没有啊。那么是他们身上有味道吗？”也闻了闻，说：“没有啊！”一下子，那位侍者满脸通红。

加持完这批人，让他们退出去后，仁波切要侍者们关了门，不放任何人进来，之后，语重心长地对侍者们说：“气味不好，忍一忍就适应了，你们一捂鼻子，考虑过他们心里会多么难受吗？如果实在忍受不了，可以到隔壁的房子坐着。

“这些病人，来自远方，也许一辈子也就只能见我一次，我加持了他们，也未必就能马上好转，但只要能令他们高兴，我累一点又有什么关系呢？佛说，‘能令众生欢喜，则诸佛欢喜。’去安排所有的人进来吧！”

那天夜里，仁波切加持病人一直加持到凌晨三点多钟。

沙门四法

有一次，两位女居士闹了矛盾，我过去调解，对她们讲：“都是佛门弟子嘛，应该修忍辱啊，作为师兄弟，你们这样会违反密乘戒的。”

也许是我说得过激了。她俩竟然联合起来，对我说：“我俩本来就没有什么矛盾，都是因为你不会处理事情，还胡言乱语，令我们产生了矛盾，你才是罪魁祸首。”

我说：“是是是，就算是我的错吧！你俩握手言和，好吗？”

她们说：“我们本来就没有什么事。”我碰了一鼻子灰，回到了自己的房间。

过了两天，有人告诉我，说她俩在外面说了我的坏话。我心里很不是滋味：“无缘无故被她们骂一顿，还不够，还造我的谣，这也太不像话了。我一定要跟她们评个理。”

一天，仁波切把我叫进房间，问我：“你这几天在做什么？”

我说：“看书学习，顺便翻译。”

仁波切说：“我听说两位居士对你有点儿不满，怎么回事啊？”

我就说：“她俩闹矛盾，我去调解，她们竟然说我是罪魁祸首，还说我的坏话，我真想跟她们理论一下。”

听完后，仁波切说道：“哦，这么一回事。你虽然没有大的过错，但方法上是否欠妥？”

我问仁波切：“那我应该如何去解决呢？”

仁波切说：“你回去自己好好想一想。”

仁波切又问：“你知道如何才能做一个沙门？”

我回答：“守好戒律，学好经论，修好佛法，应该就是个好沙门吧。”

仁波切说：“说到戒律，居士有五戒，沙弥有十戒，比丘有二百五十三条戒律；说到学好经论，有三藏十二部，修好就更不容易了。但只要做好四句话，就可以称为一个好沙门。”

我问仁波切是哪四句，仁波切说：“就是沙门四法——‘他骂我不还骂，他打我不还打，不以嗔怒对嗔怒，不以揭短对揭短。’我记得就是这么说的。你出去以后，再核实一下。”

我找了资料，翻阅了有关内容，做了自我反省。

第二天中午，仁波切下座了，我端饭进去。仁波切问："你有没有看沙门四法的内容？"

"看了。"

"做到这四点，应该是一个比较不错的出家师父了。祖师大德们曾开示：'没有忍辱境，于谁修忍辱。'这也是一种考验啊！"

心性是一切法的精髓

有一次，仁波切为两个来我这里的出家女众传心性。这两位女众，一位没上过一天佛学院，对经论的认识非常一般；另一位上过十多年佛学院，对经论有不少认识。在旁人看来，她俩对佛法的认识简直是一个天一个地啊。

但仁波切给她俩讲解心性时，没上过佛学院的阿尼认识了心性，而上过佛学院的阿尼对我说："我没有出现空性啊。"

在男众中也有这种现象。有些上师甚至说，上过佛学院的难以明了心性。按理来说，不应该呀。所以，仁波切常说："有很多在家人，没上过佛学院，也不必妄自菲薄而心力怯懦。你们没有太多的所知障，这也是你们的优点。

"不要想着在心性上下功夫，别人就会夸赞你。对于心性法门，褒贬不一，有赞叹的，也有驳斥的。正因这样，现在把心性法说得越来越难，下功夫的人也越来越少了，与此相形，敲打吹唱的人越来越多了。但我并不是说，敲打吹唱不好，那些也有很大的功德。但须明白，心性是一切法的精髓。"

一怀抱的空性

经常有一些人，到寺院里来拜访仁波切。他们自称是修行人，说要与仁波切一起分享自己在修行过程中遇到的一些景象。我们几个侍者在一旁，都能很快听出这是个谎言，但是仁波切还听得很认真。交谈之中，时不时地还附和几句："哦，是吗？""我都不知道啊，竟然有这样的事情。""你真了不起啊！"

那人走后，仁波切还对我们说："这人修得真不错。"

我们几个人很不以为然，直接对仁波切表明了我们的怀疑，"明明就是个骗子嘛！"仁波切就是这样一个人，对所有人都那么仁慈。仁波切没有当面说穿过任何一个人的谎言，也没有事后讥笑过任何一个人。

还有一次，一个人大摇大摆地走进仁波切的屋子，说了句："佛法就是空性，就是大悲，我已经证悟了。"这样一个大言不惭的人，我从见到他的第一眼就心生厌恶。

仁波切让他就座，还询问他证悟的空性有多大。这个人用手势，在胸前画了个弧线，随意比画了一下，说："这么大。"我在心里就开始笑他，稍微有点佛学常识的人都知道，他说了一个多大的笑话，何况是仁波切呢。但是，仁波切就是没有吭声。任由这个人在他的房间狂傲了一下午。

那人走后，我实在是忍不住，对仁波切说："你没看出来吗？这个人说的全是谎话。你怎么还理他啊？"

仁波切说："这个人到这里来不是和我讨论佛法的，他只是希望我说他一句好，夸他一下。我夸他，他高兴，高兴之余，说不定还能多念念佛，或者多读几本佛学典籍，既然有助于他念佛，那我为什么不鼓励他呢？如果我揭穿了他，使得他很没有面子，他说不定由此而讨厌我，讨厌佛法，说一些我的坏话，说一些佛法的坏话。说我，我倒无所谓，但如果因此而诽谤佛法，那岂不是大罪过了吗？"

终南山闭关

一年中的大部分时间,仁波切都在外闭关修行,闭关的地点或是僻静的山上,或是祖师住过的山洞。全国有灵性且适合闭关的地方，几乎都有仁波切的足迹。

十几年前，仁波切曾到汉地来朝圣，在终南山、五台山和鸡足山都闭过关，我一直都跟随在仁波切身边。

当时，仁波切想寻找一个适合闭关的去处，终南山附近的一位居士得知后，邀请仁波切过去，并为仁波切安排好了闭关的住处。居士的盛情不好推却，仁波切就这样来到了终南山，闭关的关房在净业寺后面的一个小山沟里，仁波切住在屋内，我们几个随行的侍者在屋外露天处搭起了帐篷，照顾仁波切的饮食起居。

闭关时，一定要切断外缘，不能见人，不能走出关房。每次吃饭的时候，我们把饭做好，送到仁波切的关房外面，然后轻声敲几下房门，示意仁波切：该吃饭了。仁波切听到敲门声后，也会在屋内敲几下房门，告诉我们：知道了。

几个月闭关下来，我们从没有一句语言交流，但是彼此配合得却很默契。

后来，当地很多居士和佛教界人士前来拜访仁波切，还给了仁波切很多供养，但离开终南山的时候，仁波切又如来时一样，两手空空了。因为他在临走时，已经将所有钱财布施给沿途贫困的山民和寺院了。

第四章

谁言僧人无家

出家十几年了，因为常年跟随仁波切外出闭关，所以，回家的日子越来越少了。想念我的家，想念爸爸妈妈，想念姐姐，还有去世的哥哥。

虽然小的时候，我很调皮，经常被爸妈揍，一直以为长大后可以逃出他们的“魔掌”，可现如今，真的逃出来了，又日夜想念他们。人真的很奇怪。

思念的情感溢满了我的大脑，陪伴我参佛修行，心里很充实。

玉树地震后，我把妈妈接来寺院与我同住。爸爸去世后，妈妈一直独自生活。现在，我终于有机会照顾妈妈了。

汉地的居士听说我与妈妈同住寺院，都很惊讶：“出家不就是要断除一切情缘吗？怎么还可以有亲情呢？这不是有悖佛理吗？”那时，我以微笑来回应质疑。

僧人也是有父母的，并不能因为出家而推卸赡养父母的责任，更不要因为出家而丢失了属于自己的家庭温暖。

想念家人

出家十几年了，一直跟随在仁波切身边。回家的次数好像都不是很多了！

我现在还能想起当初出家时的情形。我的父母是地地道道的藏人，都有着很深的宗教信仰。我们藏人都是以出家为荣的。所以，在我十七岁的时候，父母鼓励我出家，他们饱含期待把我送上了这条光荣的求法之路。

在藏地，出家一般都是在自己居住的辖区内的寺院修行。土登寺就是我们家所在辖区内的寺院，所以，父母把我送到了这里。

来到寺院后，刚开始的时候，是比较忙碌的，主要是忙着学习，忙着适应寺里的生活。虽然寺院有假期，但我常常没有时间回家。

那时，父母会经常到寺院来看我。看到我一天天长高，看到我很用功，他们满脸欢喜。

父母每次来的时候，都会给我带很多好吃的！

很多年过去了，有一些人开始批评我，说我没有照顾好自己的家人，我心里也很惭愧。

我想起了寺院里一个比我们年长很多岁的师兄给我们讲过的故事。这个年长的师兄跟我一样，很小的时候就在家人的鼓励下出家了。但是，随着他年龄的增长，他好像不太喜欢在寺院待了！有一次，他回家去，跟自己的母亲说："我不想当和尚了，我想还俗！"

她的母亲淡淡地说了一声："你看到咱们家不远处的那条河了吗？"

他很不解地说："那不是长江吗？怎么了？"

母亲接着说："如果你还俗回家，就到那里去找我吧！"

母亲的话让他很震惊，母亲是要用跳江来威胁他！可是，那时的他不能理解母亲的坚持。他还是整天想着还俗的事。他在等，等母亲死后，他再还俗！

这都是很多年前的事情了，现在，这位师兄已经是一位很了不起的修行者了。但是，我们师兄弟在一起的时候，偶尔还是有人会拿这段陈年旧事来开他的玩笑：“怎么，现在还等着你母亲死吗？”话落，我们一起哈哈大笑！

这位母亲是很伟大的，如果没有她当初的坚持，师兄是不会有今天的成就的。我也想起了自己的父母，在我漫长的求法道路上，他们也一直默默地支持我、帮助我。而我竟然以修行为借口，而疏于照顾他们！

赡养父母，也是我们僧人的天职。

在寺院修行了几年后，我时常想念自己的家人。渐渐的，我长大了，也明白了很多事情，我知道，我应该好好照顾家人，多珍惜与他们在一起的时光。

姐姐已经在很多年前就到了仁波切身边，我们经常见面。父亲多年前过世了，家里就剩下母亲独自一人，所以，后来我把她接来寺院与我同住了。

我们家的空行母

午饭后无事，有些犯困，正想要去小睡一会儿，姐姐的教诲又来了：“你做功课了吗？每天都要做功课的。或者修一下也可以啊！”她走过来，一脸严肃地看着我。

我走到坐垫跟前，坐下，拿出毯子，盖在膝上，盘腿，闭目，打坐。

这一套动作对我来说，实在是太熟练了，自从姐姐搬到我的帐篷和我同住以来，我的逍遥日子便不再有了，为了避免她絮絮叨叨，我经常趁姐姐在时，装作很用功的样子。

姐姐和我一样，都住在土登寺。她出家比我早，我们的依止师父都是秋英多杰仁波切。姐姐比我年长很多岁，听亲戚们说，姐姐因为父亲身体不好，家里的负担太重，所以早早就嫁人了。只是她的婚姻很短暂。

后来，姐姐就到了仁波切身边，来到了土登寺。

我刚来土登寺的时候，年纪还小，幸好有姐姐在身边一直照顾我。寺院里很多小和尚都很羡慕我，羡慕我有人嘘寒问暖，羡慕我有一个时刻督促自己的老师。每当这时，我的小小虚荣心一下子就膨胀了，不仅向大家炫耀自己的幸福，还总是不自觉地要向大家夸赞自己的姐姐是如何如何的好！

其实，姐姐除了偶尔有些严肃以外，性格还是很温良的。我从来没听姐姐抱怨过什么，她也从来没有和人吵过架，大声讲话都很少。我们寺里的人都说姐姐觉受很好，大家都很喜欢她，把她称为“空行母”。

姐姐心地很善良，小的时候经常帮助邻居，谁家有困难，她都会给点儿东西。妈妈说，姐姐手很烂，这是藏地的说法，就是手大的意思，大手大脚，爱散财。邻居经常在我家门口喊姐姐的名字，妈妈听到后，懒懒地回一句给姐姐：找你呢！妈妈嘴上没说什么，其实心里是有些心疼的。毕竟妈妈曾经经历过生活的苦难，她一辈子勤俭惯了。

姐姐自从进了土登寺后，一直都很精进，几十年来，晚上睡觉从没躺过，这在佛教术语里叫夜不倒单。我也想学姐姐那样，坐着睡觉，而且实验了很多次了，甚至做了很多准备工作，坐在床上，给自己周围放了很多枕头，把自己固定在座位上。可是，第二天早上起来，还是躺在被窝里。

实验失败了几次之后，我彻底服输了，在修行方面，我承认自己不如姐姐。亲姐弟之间也没什么可比较的，有一个这么能干的姐姐是我的骄傲。

2010 年玉树地震了以后，我们各自的僧房都破损了，我就搭起了帐篷，把姐姐和妈妈都接了过来。现在我们三个人一起生活。有了家的温暖，我感到很幸福。

离家出走

有一次，我被妈妈揍了一顿，觉得可委屈了，就和她吵了起来，还赌气说不吃饭。后来，妈妈做好饭来喊我，我不理她。后来她又喊我："别闹情绪了，吃饭吧。"

我当时还在气头上，便很大声地对她说："我说了，我就不吃！"她真的就没再叫我，那顿饭就这么错过了。晚饭的时候，我已经很饿了，妈妈还是来喊我，可是，我碍于面子仍然说了一句"不吃"，但是心里却在想：再喊我一次啊，再喊我，我就吃。然而，她并没有喊我第二遍。过了一会儿，我从房间走出来，妈妈看见我却说："你不是说不吃嘛！"

我气得摔门又回房间去了，躺在床上大声喊："我才不稀罕呢！"

那次，我整整饿了一天。

到了半夜，实在太饿了，我就偷偷起来找吃的，不敢点灯，正摸索着，妈妈起来了，问我干吗。我说："我饿了，要吃饭！"

妈妈说："该吃饭的时候不吃，哪有半夜三更吃饭的？没你的饭，去睡觉！"

我一气之下，对着妈妈大声喊叫："你虐待我，我不要做你的儿子，我要离家出走，再也不回来了！"谁知这句话，并没有吓住妈妈，反而使得她一下子把我扔到了门外。我那时还小，一个人在家门外待了整整一个晚上，因为害怕，也不敢走远。

第二天早上，妈妈打开门，见我还在门口，就对我说："你怎么还在这儿啊？你不是要离家出走吗？"说着，她又要把我拎出去。我一下子大声哭起来，哭得很伤心，死拽着她的衣服不松手，哭着求她不要赶我走。

"下次还敢不敢了？"

"不敢了！"

"还听不听话？"

“听话！”

从那以后，我再不敢说要离家出走了。

我又没有做错，你干吗打我？

不管哪里的男孩子，小时候肯定都干过掏鸟窝之类的事情，我也不例外。那时，我经常趁放牧的时间，把牛赶到山上去吃草，然后约小伙伴们出来玩，一起上树掏鸟窝。藏地的人都信仰佛教，小孩子也从小受熏陶，所以我们从没有想过要伤害小鸟。而且，藏地人也并不吃鸟蛋，我们小孩子上树，一般都是把鸟窝里的蛋拿出来摸一摸，玩一玩，就放回鸟巢了。当然了，有时也不免失手打碎几个。

相比于其他的孩子，我不太敢玩鸟蛋，因为如果被妈妈知道了，后果会是非常严重的。

有一次，我把牛拉去吃草后，就和几个小伙伴们一起去掏鸟窝玩。傍晚的时候，我到山上去牵牛，然后我们一起回家。回到家里，母亲让我把牛赶回栏里，一头一头地拴起来，全部干完后，再如常吃饭睡觉。

小时候，我们睡觉都是脱得光光的，然后直接躺进羊皮大衣的被窝里，皮肤直接贴着毛茸茸的大衣，那感觉真的很舒服。我刚一躺进去，妈妈拿着一根藤条就进来了，我吓得赶紧坐了起来：“我没有做什么错事啊，你干吗要打我？！”

她没吭声，一把过来要拉开我的羊皮大衣被子，我使劲地往回拽，但是我还是没有她劲大。她掀开我身上遮盖的大衣，藤条就落在了我的身上，我被抽疼了，号啕大哭起来。但还没有反应过来，妈妈为什么要这么做。

“你还有脸哭？！我还没把你怎样，你把小鸟都弄死了！”说着，又给了我几藤条，我忍不住疼，嗷嗷大叫，她大声呵斥我：“不准哭！”

我用手捂住嘴巴，不敢哭出声来，身体因为哭泣而剧烈抽搐。当时，脑袋里只有一个想法：以后再也不去掏鸟窝了。

妈妈虽然一直很严厉，但我觉得她是一个好妈妈。正是因为她严厉的教育方式，才造就了我们姐弟三人独立、担当的性格。

记忆中的哥哥

记忆里，哥哥不怎么爱说话，性格比较内向，但脾气比较好。听村里人说，他小时候就很听爸妈的话，虽然他比姐姐岁数小，但处处让着姐姐，两人很少打架。

哥哥十八岁的时候，在拉萨做生意的姨娘一家人喊哥哥过去给他们帮忙看店，哥哥走的时候，只带了一个小小的手提包，装了些衣物就走了。

在拉萨，姨娘、哥哥都是外地人，经常被一些本地的人骚扰欺负。哥哥不善言谈，有一次就和对方动起手了，幸好双方最后都没有受什么重伤。不过，再也没有人敢去姨娘的店惹是生非了。

后来，据姨娘说，哥哥在店里帮他们把生意照料得很好，他们都夸哥哥有生意头脑。很多人从拉萨回来，跟我们说：“你们这个儿子不得了啊，既孝顺，又能干，很能做生意，有胆子，人还实诚。你们做父母的太有福了。”

几年后，哥哥从拉萨回来了。回来的那天，哥哥依然只带了一个手提包，就是他走的时候提的那个包。哥哥只身走的，又只身回来了。爸妈都问他，为什么不在姨娘那里继续工作。他说自己想家了，想回来和爸妈一起生活，不想跑去那么远的地方。临走的时候，姨娘要给哥哥钱，说是他这几年的工钱，可是，哥哥死活都没要。哥哥说，姨娘一个外乡人在拉萨做生意也很不容易，他不能拿姨娘的钱。

从拉萨回来没有多久，哥哥就生病了。这期间，他曾到仁波切身边去学习，但身体一直很不好，第二年就去世了。那一年，他才二十五岁。全村人都说，我爸爸妈妈没有福气，失去了这么好的一个儿子。

爸妈因为哥哥的去世受了很大的打击，甚至不愿再住在家乡，怕触景伤情，就搬到玉树州去住了。从此以后，爸爸戒了打牌，每天只是在家里念佛。

哥哥的离开，成了我们一家人心里永远的伤疤。

爸爸生气了

在我的记忆里，爸爸很少发怒，惊天动地的就一次。

那是我们搬到玉树州上以后的事情了。当时我们有个邻居，是一位老人，平时从来没有见过他的子女，只有一个小尼师在身边照顾他。后来，我才听说，小尼师原来是他的侄女。

从前，藏地的女众寺院非常少，女子如果想出家，一般都只是剃掉头发，在家修行。也有的人为了与普通女子区别开来，特意穿上红色的藏袍，但她们并不会去特别受戒。出家以后，大部分女子都是待在家里修行，顺便照顾长辈。渐渐的，大家也都承认了她们的出家人身份，称呼她们为尼师。近现代才开始有了女众寺院，但还是会有很多尼师因袭传统，在家里生活。

我们邻居的这位老人，家境还算宽裕，经常会看见他坐在院子里的座椅上舒服地晒太阳。我听其他邻居说，老人年轻的时候既英俊又富有，他的妻子在嫁给他之前是一个比他年纪大的寡妇，但是，据说很有钱。嫁给他后，还带来了一个和前夫生的女儿。后来，他的妻子在去世前，又把和前夫生的女儿嫁给了他。这样，老人就有了第二任妻子。

说到这里，可能很多汉地的人觉得很不可思议，女儿嫁给继父，好像有悖人伦。其实，这些在藏地很常见，根本不是什么大事。而且藏地的男女结婚后，也不会像汉地那样，要改口称呼对方父母为爸妈。在我们这里，不仅夫妻双方不用喊对方父母为爸妈，子女也不用喊继父继母为爸妈。此外，还有极个别的兄弟几人同娶一个媳妇的，或者是几个姐妹同嫁一个丈夫的，倒并不是因为穷得娶不起媳妇，有些经济条件很好的家庭也会这样做，因为这样可以不分家，家底会更殷实。虽然这些情况也不是很多，但大家并不觉得奇怪，也不会去议论他们。可能是观念的问题，大家觉得，这些情况都是可以理解的。

后来，有一次，我和老人一起聊天，便问他："你和你的第二个妻子，年龄差距那么大，感情会不会不好呢？"

他说："不会呀，而且她对我特别好呢！我记得我们两个刚结婚不久，局势就动荡了，我和几个朋友便商量着一起到拉萨去。临走前，我把她妈妈生前的财产全给了她，对她说，'你还年轻，长得也漂亮，也没有小孩，另找个人嫁了吧。我成分不好，不要连累了你。你把财产藏好，不要让别人看到，对外就说，我把钱都拿走了。'后来时局稳定了，我在拉萨也做起了生意，我的妻子带着家产又找我来了。"

老人回忆起过往，完全是一副沉浸在幸福中的模样："我曾经可是很帅的，要长相有长相，要能力有能力。"

我说："现在也没见你多帅呀。"

他接着说："后来我们有了孩子，可是孩子出生后没几年，我的妻子就去世了。我觉得孩子很可怜，那么小就没有妈妈，所以从小一直惯着他，我也没有再娶。结果，我就这样养出了一个自私不孝的儿子。长大成人后，他还向我要他妈妈的家产。我把大部分家产都给了他，就回到玉树来了。"

我听了，深深地叹了口气，对他感慨道："你真可怜。娶了两个妻子，都没能陪你到老，生个儿子，又是那么不孝。你真是太不幸了，太可怜了，太凄惨了！"那时的我，还是个小孩子，说话真是口无遮拦。不过，我记得老人当时真的是伤心了，因为他不停地唉声叹气。

巧的是，那天爸爸也出来串门聊天，正好听到了我和老人的对话。

我抬头看见爸爸，他一脸青黑，我知道爸爸这怒气冲天的脸意味着什么，我的第一反应就是，赶紧跑！逃跑的时候，还能听见老人不停地对我爸说："童言无忌，童言无忌，你别计较。"

那天，我在外面玩到很晚才回家，回去后，看见爸爸在家，我小声地叫了一声："爸！"

"进来，臭小子。"爸爸听见我叫他，没抬头，只是说了句话。

"你不会打我吧？"我试探性地问了一句。

我这话一出，他立即抬头，瞪了我一眼。我知道安全了。

爸爸一个人坐在屋里喝茶。我走进去后，不知道说什么，但也不敢走远，只能站在他旁边。

爸爸喝了一口茶后，说话了。不过，这时他的语气好像变得温和了许多："老人本来就不幸，孩子又不在身边，你说的都是什么话？！不是揭人家伤疤吗？"

我不敢吱声，默默低着头，这才意识到爸爸说的是对的，可是我之前都没有考虑到，我很不好意思。

"明天去给老人家端杯茶，安慰安慰人家。"那一刻我才发现，爸爸真的是个很善良的人。

不过，事后我才想起来，爸爸平时不是很凶啊，好像也没打过我们啊，我为什么要跑呢？想想真是好笑，肯定是我小时候太调皮，挨打次数多了，条件反射了！

一副骨牌

我听姐姐和哥哥说，爸爸在我还没出生的时候，就因为一次意外事故落下了病根，不能从事体力劳动。

爸爸再也不能外出打工，也不能出去放牧、干农活。他整日闲在家里无事可干，妈妈怕他心急，就让他约些朋友到家里来打牌，解解闷。爸爸也只好接受了妈妈的建议。他看中了一副骨牌，价钱很贵，舍不得买。因为，我们家那时候也没有多少钱。

“那我们用粮食换吧？”妈妈说。

“人家不换，只要钱。”爸爸很无奈，他也不想给妈妈添麻烦。

他们默默地坐了一会儿，妈妈就进屋去，拿出一个布包递给爸爸，爸爸打开一看，惊讶地问：“哪来的这么多钱？”

“这是平常攒下的过年钱。”

“这钱花了，我们怎么过年呢？”

“拿粮食换呗。”

“还是算了吧。”爸爸肯定是不好意思花家里过年的钱。

妈妈就劝他：“那有什么呢，咱们家的粮食多，虽然会麻烦一点儿，也不影响生活。难得自己那么喜欢，就买了吧。”

爸爸把牌买回来后，非常高兴，非常宝贝，摸都不让我摸，只是偶尔会拿出来，让我擦一擦，还要不停唠叨我：“可不能丢啊，丢一块，牌就没法打了。”

后来，爸爸就经常把牌友邀请到家里来玩。

时间长了，有人就在我妈妈面前说：“你看，你丈夫天天在家打牌，别说茶水不够喝，就是牛粪，都不够烧了吧！”爸爸知道后很内疚，他不再请朋友们来打牌了，也很少生火。

妈妈问他，爸爸说：“我不仅不能给你帮忙干活，还整天浪费，我不想让你太辛苦了。”

妈妈听后，笑了一下，温柔地对爸爸说：“我不用你帮忙。家里家外的活，我一个人就能干完。你别听邻居们的话，我们家的牛粪够用的，还有很多存着呢！你就放宽心，打打牌，喝喝茶，和朋友们聊聊天好了。要不然，一个人在家里闷坏了，我还不放心呢！”

向父母告状

小时候，爸妈把我们管得很紧，不准我们几个孩子在外面惹是生非，要不然，回家是要挨板子的。

我们那时不管在外面和谁吵嘴打架，不管吃了多大的亏，回家也绝对是只字不提，更不敢说告状了。

后来，有一次爸妈特意告诉我们，如果村子里的某一家人打我们的话，让我们一定告诉他们，他们会给我们出头。我不解地问，为什么那一家人打我们，就可以跟你们说，其他人就不可以说呢?

爸妈说，那一家人品行都不好，做媳妇的，公然打自己的婆婆；做丈夫的，纵容自己的妻子打自己的妈妈。所以，他们没有资格教育别人。

在藏地，媳妇打婆婆，男人打女人，都是不光彩的事情，是很丢人的。从大人到小孩都会耻笑你的。

我们几个当时听了这话可高兴了，主要是哥哥和我，姐姐因为比我们年长很多岁，而且她还是个女孩子，也不会出门惹事。而我和哥哥都是男子汉，男子汉都是随时会与别人比画拳脚的。但是，人外有人，遇到比我们厉害的对手时，我们多么希望能找到父母，去给我们出头啊。

自从知道有爸妈给我们撑腰，那时候，还真的希望那家人能哪天找上我，欺负我一下，我就可以回家给爸妈撒娇告状了，然后再跟在爸妈的屁股后面，怒气冲冲回来找他们算账，这是我以前做梦常见的画面。

可惜的是，我未能如愿，可能那家人也知道自己做错了，知道村子里的人都耻笑他们，所以他们很少出来走动。

小心被警察叔叔抓起来

我从小在乡村长大，很少到州县里去。小的时候，对我来说，外面的世界是陌生的。

记得在我小的时候，村里的大人经常对孩子们说，小孩子不能撒谎，撒谎的话，会被州上的警察叔叔闻出身上的味道，抓起来的。那时我们是真的相信。直到十三岁搬到州上住时，我都还相信这个说法，有时自己撒了谎，看见警察都要远远躲开，走路时也会特意绕过警察局的大院。

我自认为不是个坏人，但是也会偶尔说一两句谎话。大人们说的话，从小就种进了我的脑袋。虽然那时，我都十多岁了。

后来，进了寺院，经常跟着师父们去州里，去的次数多了，见识的人和事也多了，我才慢慢知道，原来大人们的话才是骗人的。之后的很多次，我特意从警察身边走过，而且在背后还偷偷地骂他们，好好体会了一下不用担惊受怕的感觉。那时候的我们都很单纯，连大人这么可笑的谎言都相信。

时代真的是变了，我们的小乡村开始不那么闭塞了，现在新进寺院的小师弟们，放假时经常到州上去玩。骑着摩托车，穿着新衣服，到州上去看热闹，是师弟们的最爱，有时甚至要冒着被僧值处罚的危险。

看着这群可爱的小师弟，我不由地感叹，属于我的童年已经远去了。

法会出丑

记得小时候，只有过年的时候才有新衣服穿。每年新年前的那天晚上，我都是抱着新衣服看了又看，一夜都合不拢嘴，盼望着天早点儿亮起来。

天一亮，早早地就起身去河里打来水，兑点儿牛奶洗过脸，父母便拿来新衣服递给我们，还一边说："今天是新年第一天，阖家要欢喜，小孩要孝敬父母，父母要爱护小孩，兄弟姐妹要互敬互爱，相互扶持，不能争执。"大家都认为，这一天如果出现争吵，整个一年都会争端不休，所以新年的时候会特别强调这段话。

过完年，新衣服就被洗干净收回柜子里，等遇到节庆或者法会时再拿出来穿，我们平日里穿的都是打着补丁的旧衣服。

有一年，美国的一位上师带着十几个弟子，来土登寺附近的一座寺院里举行法会。法会当天，寺院里挤满了人，有寺里的僧人，当地的村民，外地来的游客，还有外国友人，场面非常热闹。大家除了来凑个热闹，看看人山人海的气势外，还可以在寺院里为自己和家人祈求平安。

那天，妈妈没在家，我没能找到新衣服，就穿着平日里的旧衣服去参加法会了。到了法会现场，我才发现，其他小孩子都是穿着过年的新衣服，被爸爸妈妈牵着手来的。只有我是自己一个人穿着旧衣服来玩。

在法会上，我第一次见到了外国人。那时候，我们那小乡镇还很少有外国人去，大家见到外国人都很新奇，从外国人身边走过去，低声交头接耳。你一言，我一语的。

"哎，这就是外国人耶！"

"听说他们在自己家乡都是不穿衣服的。"

"嗯，估计是到咱们这儿来，特意穿上衣服了吧。"

我也是生平第一次见外国人，和其他孩子一样，我特意从人家身边绕了几圈，总算是看清了，棕色的头发和蓝色的眼睛。

其中有个外国人肩上扛了一架好大的机器，很多年后，我才知道那个叫摄像机，当然，那时可是不知道的。

外国人扛着摄像机在寺里到处拍，后来还对着我拍。我赶紧躲开了，因为那天只有我一个人穿着旧衣服。我跑开了，他还不依不饶地追着我拍，搞得我很不好意思。我的衣服到处都是补丁，还是不同颜色的补丁，这使我一刹那间感觉很羞愧。

从法会上回来，我大哭了一场，抱怨妈妈："都怪你，让我穿了难看的旧衣服，让人家把我照进去了。"

看我哭得很伤心，妈妈安慰我，说是她的错，如果她早点儿回来，我就可以穿着新衣服出去了。

那一次，妈妈没有凶我，而是很温柔地安慰我。但是，那时只觉得自己受了天大的委屈，哪里还有时间惊讶于妈妈的温柔呢！

一个人放牧

虽然妈妈偶尔也会温柔，但大多时候她真的很凶。

我六岁那年，哥哥去拉萨帮姨娘家做生意了，从那以后，爸爸妈妈就把家里放牧的活交给我了。那时候，我因为还太小，走路很慢，每天回来得总是很晚。

妈妈很凶地问我："其他放牧的孩子都早早回来了，你怎么现在才回来？"

我说："他们年龄大，步子也大，我跟不上他们啊。"

妈妈说："他们迈一步，你不会迈两步吗？靠人人跑，靠山山倒。人要靠自己，不要找各种借口。下次你再落在后面，看我怎么收拾你。"我心里非常明白，这不仅仅是"威胁"。

还记得九岁那年，有一天，妈妈突然对我说："你舅舅和舅妈要外出几天，托我去照看他们家的孩子，你一个人在牧场，行不行？"

我心里非常高兴，但脸上还要装出一副很舍不得的样子，说："我很难过，但我会努力照看好牛的。"她还是不放心，叮嘱了很多遍"不要把牛丢了"，然后给我准备好食物，就走了。我高兴极了，心想，这下终于自由了。

妈妈走后没几天就下了一场大雪，我穿着雨靴爬到山上去找牛，一路上不知摔了多少回，摔疼了，我就放声大哭，喊着“妈妈”，却没有人搭理我。天地之间只有我的哭声回荡着。我开始懂得妈妈为我所做的一切，那一刻我好想念妈妈。哭完，继续往前走，因为我知道不能把牛丢了。如果丢了，妈妈回来会很生气的。

半个月之后，妈妈回到了牧场。我高兴地跑上去一把抱住了她。妈妈见我把牛照顾得很好，很开心。从那以后，每年冬天，我都是一个人在牧场照看牛羊，妈妈只是隔段时间过来看我一下。

有一次，我把牛粪饼贴到院墙上玩。可是，就在我高高跳起把牛粪饼贴上墙，落下来时，肚皮被墙上一个突出的尖石划破了。我赶紧找了根布条把肚皮绑起来，然后像往常一样去山上赶牛羊回来。因为伤口实在是太疼了，所以一路上走得很慢，那天牛羊回栏的时间很晚。

更不巧的是，那天妈妈恰好来牧场了，她见我回来得晚，便很生气地凶我：“我不在的时候，你就是这么照看牛羊的吗？！”

我只好说：“我肚子上的伤口太疼了，所以走得慢。”她问我怎么回事，我就把衣服拉起来给她看。她看到伤口，更加凶了，大声对我说：“伤口那么严重，还管什么牛呢？命比钱财重要，难道你连这个道理都不知道？”后来，妈妈帮我把伤口包扎好，还带我回到村子里。

在家休息了几天，我的伤口愈合得还不错。后来，我又独自一人去了牧场。

但是，夏天我们一家人常常会待在一起，因为要挤牛奶、提炼酥油、做奶渣。

直到我十三岁那年，哥哥去世后，我们全家才搬去玉树州上住。

出家就是最大的孝顺

搬到州上以后，父母允许我去上学。

我的父母在教育子女的方式上与其他人不同。他们认为女孩子要上学，男孩子要在家干活。他们常说，女孩子只有在父母身边的时候才有段幸福的日子，一旦嫁人了，会比较辛苦，所以小的时候积累些知识，是有益处的。而男孩子可以在家自学，长大成人之后总是能走出自己的一条路的。所以我们家的男孩，连床上的褥子都薄一些，枕头也没有，都是把自己的衣服叠起来搁脑袋的。父母认为，男孩子长大后要出门去闯，所以不能有太多讲究，不然，就会变得柔弱娇气。

可是，离开家乡，搬到州上以后，我们已经没有牛羊了，也不再需要我去放牧了，所以父母就让我去上学。那时候我已经十三岁了，所以直接上了四年级。我的一个亲戚正好在那所学校当老师，所以经常帮我补课。在当了两年的旁听生之后，我转为正式学生，之后升到初中。

后来，有一天，爸妈突然问我："你有没有想过自己的未来，将来长大了想干什么？"

我觉得自己还小，每天衣食无忧，有爸妈照顾，还真的没有想过那么远。爸妈说，你已经长大了，也该想想了。我没了主意，一时不作声。

爸妈说，他们建议我去出家。

出家，在藏地是件很光荣的事情，我从来没有把这个荣誉和自己联系起来。但是，我知道，爸妈很想我去。哪个父母不希望自己的孩子成才，哪个父母不希望自己的孩子被人尊敬，有出息？

在我刚出生的时候，爸妈就请了土登寺的上师仁波切给我取名字，他们都很信任仁波切，也很崇尚佛法，这一点我知道。

后来爸妈还亲自带我去见了仁波切。当时，仁波切就问我："是你自己想出家的吗？"在藏地，出家是一种荣耀，大家都是争着抢着当僧人，而最后能当上僧人的，都是那部分比较优秀的人。我当然也愿意出家，只是不确定自己行不行。

“仁波切，我想出家。可是，我不知道自己现在有没有资格出家。今年，我就要考中专了，如果我考上了，就出家，如果考得不好，就再上上学。”我很严肃地回答道。我知道爸妈的心愿，也想让他们高兴，但是，我就是有些不自信，所以不敢贸然答应，因为我怕自己不够优秀，怕到时伤了爸妈的心。

仁波切说：“如果想出家，也不需要证明些什么，现在也可以出家。”

后来，爸爸也对我说：“我们不要求你以后成为多么了不起的人，只是希望你能跟着仁波切好好修行。你记住，做一个出家人，就是对我们最大的孝顺。”

我就这样剃度出家了，带着爸爸妈妈的期望，来到了土登寺，来到了仁波切的身边。

第五章

点点滴滴的佛性

出家后，我一直跟随在仁波切身边，并担任仁波切的汉语翻译，所以开始自学汉语，也常常翻译一些自己爱读的佛学经典著作。汉语我还不是很精通，不过，居士们常常鼓励我，给了我很多勇气。

在研读、翻译佛经时，我发现，菩萨、上师们在讲佛法或开示众生的时候，都是很讲方法的。他们会通过一些小故事、形象的比喻来启发弟子思考。这些小故事，我甚是喜欢，便把它们都收集起来。

狐狸与妇人

古时候的东印度，住着一家人。丈夫外出做生意去了，常年不回来。妻子一人在家，寂寞难耐，就找了一个男人。

丈夫回来后，知道了妻子在家中的所作所为，十分愤慨，一怒之下，扒掉了妻子身上的衣服和首饰，将她抛弃到湖边。

妻子赤身裸体，无法走远，来到湖边的一棵大树下，找来几片树叶遮盖自己的身体。树上有一只狐狸，嘴里正叼着一块肉。

狐狸发现湖中有一条鱼在跳跃，就扔掉嘴里的肉去抓鱼。鱼儿潜入了湖底，狐狸没有抓住。这时候，一只鸟叼走了那块肉。狐狸扭着头来回地看，鱼儿和肉都没有了。

妇女看到后，冷嘲热讽地说道："扔掉嘴中的肉，去抓鱼，鱼入湖底，肉又被鸟叼走，来回看什么呢？真够愚蠢的。"狐狸想了想，说道："把自己的丈夫扔到一旁，去找别的男人，被丈夫扒掉了衣服和首饰，靠着大树用枝叶遮盖身子。我是在看你这可怜愚昧的人呢。"

妇人本想嘲笑狐狸，没想到，反倒被狐狸嘲笑。

只看到别人的过失，却从不曾看到自己的缺点，我们很多人都和这个妇人一样。我们都有相似的过失，所以，不要轻易地嘲笑别人。

骄傲的麻雀

有一只老麻雀，被一家主人捉住后关进了笼子里。一天，主人将一堆垃圾倒在院子里，公鸡走过去，用嘴将垃圾啄开。老麻雀于是赞美公鸡："雄壮的公鸡啊，你的爪子就像珊瑚一样，你坚硬的喙能啄毁山石，你步态优美，如同舞步。"公鸡一听很是高兴，就走了过来啄烂了笼子，老麻雀得以逃脱。

老麻雀想：我太聪明了，我太会说话了。如果不是我，还有谁能从这笼中逃脱呢？它为此很是骄傲。后来，老麻雀遇到一只燕子，就对燕子讲述了自己的聪明才智。燕子说："这是你的才智，但不要冲昏了头，以为自己很了不起。既然从笼子中出来了，就赶紧在安全的地方给自己安个巢，不要在外面乱飞，

骄傲的麻雀

不然还会有危险的。我要去做巢了。”说完，燕子就飞走了。

麻雀非常生气，用嘴啄着树干，说道：“愚蠢的燕子！谁不知道要给自己做个巢呢？这还用得着你来跟我说吗？”这时，一只鹞鹰飞了过来，叼走了老麻雀。

我们不要总夸耀自己的那一丁点儿的优点，从而自视甚高。我们应该谦卑求学，每个人的身上都有值得我们学习的地方，如果老是自以为是，这是无知的表现，就像麻雀自赞的故事一般。

虱子与跳蚤

从前，有个修行人身上住着七只虱子，它们日夜不停地啮咬，影响修行人的禅坐。修行人就与它们商量：“在我打坐的时候，请你们不要咬我。那样会影响我的修行。你们可以在我不打坐的时候来咬我。如果你们能答应我这个请求，我就不驱赶你们，让你们一直住在我的身上。”虱子们答应了。

一天，来了一只跳蚤，看到虱子们坐在那里，说道：“朋友们，你们真幸福，请允许我也跟你们住在一起。”虱子们同意了，但对它说：“我们与修行人有约定，打坐的时候不可以去咬他，不打坐的时候就可以。”跳蚤说道：“你们这是在自我惩罚呀，多么愚蠢的做法！我才不要惩罚自己呢，我要去啃。”虱子们说：“你

虱子与跳蚤

还是不要去吃了，免得修行人以为是我们在咬。”但跳蚤不听劝，去咬了修行人。

修行人想：我已经与虱子们约定好，打坐的时候不来扰乱修行，怎么它们不遵守约定呢？修行人生气了，呵责虱子们。虱子们说：“不是我们！是跳蚤在咬。”修行人不肯听取它们的解释：“你们不守约定。”话音未落，就从身上取下了虱子，把它们放进羊毛团里，卷成一捆，扔出了门外。

不论何时何地，不要与恶人为伴，因为相处久了会染上他的恶习。纵然没有染上，但因做伴的缘故，自己也会受到牵连。就像这个众虱贻害的故事一样。

猴毁雀巢

一棵树上，住着一只老猴子和一只麻雀，它们成了朋友。猴子住在树的顶端，麻雀住在树的中间。

到了夏天，下雨时，雨水都会将猴子淋成落汤鸡，它抖动身上的雨水时，水会洒到下面的雀巢中。

麻雀就与猴子商量："敬爱的朋友，你手脚敏捷，又有智慧，不应该居住在这棵不能遮风挡雨的枯树上。去寻找一棵茂盛的大树，在那里安个家，那会很幸福很舒服的。在这里，你不仅自己会淋湿，而且会将雨水溅洒到我的巢中，对你我都是有百弊而无一利的。"

猴子不但不接受，心里还想着：这麻雀是在跟我炫耀它有巢啊！猴子极其生气，骂道："可恶的臭鸟！你还敢嘲弄我！要搬也是你搬。"一手毁掉了麻雀的巢。

猴毁雀巢

这个故事告诉我们，商讨事情要看对象，要与明理的人商讨，不与不明事理的人商讨。如果跟不明事理的人商量，只会坏事，哪怕是提个建议，也得看对方能否接受。因为不明事理的人，纵然好言相劝，合情合理，他也不一定会听从，甚至会反过来伤害你。就像这个猴毁雀巢的故事一般。

信疯人语

古时候有个人，出门去办一件重要的事情。

途中，他翻过一座山，爬到山顶的时候遇到了一个疯子。

他问疯子："山后面有没有什么危险？"

疯子说道："这山后面有三大海，八大火，还有拿枪拿矛拿剑的人，非常凶险。"

这个人听后，觉得这山后面的路可能会有一些盗匪，没敢前往就打道回府了。

回家之后，他逢人便说："不能去那个地方，那山的后面有许多盗匪，非常危险。"

其他人去后，验证了没有这回事，就把他当成骗子。

做任何事情都要以有益和良善为考量，恒常断除无义之事与恶业。任何时候，都不要像个疯子一样到处乱撞，平时讲话前要三思，对别人的话也要察看是否可信属实，不要以为所闻皆真。如果轻信传播，就像听信疯人的故事一样。

信疯人语

损人不利己的鹦鹉

从前，有个国王名叫波让宪，他到林中去捕猎，捉到了一只会说话的鹦鹉。

鹦鹉说道："可悲可怜的国王啊，你到这里来捕猎，却不知你走后，玛拉雅国王把你的人民都给杀了。"

国王震怒了，一气之下杀了这只鹦鹉，然后就直奔玛拉雅国，对玛拉雅国人说道："你们杀死了我的人民！"玛拉雅人说道："我们没有杀你的人民，不信，你可以回去看看。"国王并不相信，杀死了玛拉雅的很多人。

后来，他回到自己国家时，发现自己的人民安然无恙，才知道被鹦鹉愚弄，国王悔恨不已。

平日里，若能言语真诚一些，柔和一些，既能自利，也能利他，任何时候，应需戒除无义的粗语和妄语，否则，会摧毁自己和他人一切福乐，就像损人不利己的鹦鹉一样。

损人不利己的鹦鹉

说谎的猫

有一只猫经常到比丘的住处去偷东西。有一次，比丘发现猫在偷念珠，就抓住了它的尾巴。猫拼命地挣脱了，但尾巴断了。从此以后，它的体力大不如前。

猫将从比丘处偷来的念珠挂在脖子上端坐，这时来了一只老鼠。猫对老鼠讲道："我现在守持正法。我是猫居士，不杀生命，不偷盗，不妄语，不邪淫，不喝酒。你也应该这样做。"老鼠心想：这猫太了不起了。于是叫来了所有的老鼠，在猫师父处求法。

老鼠们聚集在猫师父身边，听猫师父讲法开示。渐渐的，猫师父的信徒越来越多了。每次讲完法之后，所有的老鼠信众都要绕着猫师父转一圈，以示对师父的尊敬和膜拜。每次讲法的时候，猫都会从前来膜拜它的老鼠中抓一个回去，偷偷啃食。

慢慢的，老鼠变得越来越少，它们的头领开始怀疑猫。它去查看猫的粪便，发现里面有很多骨头和老鼠毛。于是老鼠头领来到猫处，问："师父，你吃什么呢？"猫答："我吃草根。"老鼠头领回到鼠窝，聚集了所有的老鼠，讲了此事。大家都很恐慌，问道："这该如何是好？"老鼠头领说道："我们给师父戴上一个铃铛，如果真是它，吃的时候铃铛会响的。"于是，老鼠们就献给猫一个铃铛，猫很得意地把它挂在自己的脖子上。

像往常一样，猫又捉住一只老鼠正准备吃，不料，这时自己脖子上的铃铛响了。老鼠们回头一看，猫正在吃老鼠。头领说道："原来师父的身体越来越肥壮，而我们鼠族越来越少，是师父所为啊。在你的粪便中，全都是骨头和老鼠毛！"猫马上用土将自己的粪便盖了起来，说道："哪儿有？没有！"所有的老鼠都吓破了胆，四处逃窜。 而没有了老鼠的朝拜，猫很快也就饿死了。

任何时候，都应当少说谎言。说谎虽然能得到眼前的一些利益，但过不了多长时间，众人还是会知晓的，唯有害而无益。正如藏地古谚中讲："谎言和土拨鼠的尾巴一样，是很短的；而诚实和深谷一样，是长远的。"

纳雅之妻

从前，有位纳雅婆罗门，他笑的时候能从嘴中掉出珍珠。国王把一个女儿赐给了婆罗门，他们在一起生活，生了一个儿子名叫噶玛仒。夫人对纳雅婆罗门讲道："从此之后，除了你和儿子之外，其他的男人，别说是接触了，我看都不想看。"纳雅婆罗门感到不可思议，觉得这太了不起了。

有一次，婆罗门出门回来，看到妻子身旁睡着一个男人，妻子感到很羞愧，而婆罗门觉得很灰心。

之后，国王请纳雅婆罗门到宫殿里。在去王宫的路上，婆罗门见到一只鹦鹉，喝水的时候用翅膀浸入水中，然后喝从翅膀上滴下的水。婆罗门问鹦鹉原因，鹦鹉说："水里有很多生命，把它们喝到嘴里，会伤害它们。这样喝，才不至于伤害它们。"纳雅婆罗门觉得稀罕而不可思议。

国王请来了很多表演者，载歌载舞。这时，纳雅婆罗门想到自己妻子的行为，觉得很沮丧；想到鹦鹉的行为，又感到不可思议。他想着这两件事情，呆坐着，一直没有笑容。

过后，婆罗门出了一次王宫，途中看到上次的鹦鹉在吃虫子，见此情景，他心情郁闷起来。

在回王宫的路上，婆罗门又看到一个施主在向一些比丘供斋，其中一个比丘看到施主戴着一条金项链，就拿自己的漱口水出去，蘸了点儿蜂胶回来，手上还拿着一根稻草，走到施主旁，说："这是你家的稻草，我如果拿走，就犯下不与取了。"与此同时，那比丘用蜂胶粘上金项链，把它偷走了。纳雅婆罗门看到这一幕，极为悲伤。

回到王宫，天色已晚，婆罗门就睡在了牲口圈里。半夜时，他被脚步声惊醒，抬头一看，见是王后。她走到养牲畜的男人那里，那男人用棍子敲了她一下，说："怎么现在才来，打扰我休息！"王后只是说："对不起，请你息怒。"

第二天，国王跟王后嬉笑，扔了一个金镯子，碰到了王后身上。王后就哭道："弄疼我了。"婆罗门看到这里，想起妻子、用翅膀喝水的鹦鹉、偷金子的比丘和矫情的王后，于是哈哈大笑，嘴中出了很多珍珠。

国王问他："为何现在无缘无故地发笑呢？之前请来许多歌舞者，你都不肯笑。"他不肯说，说："我要是说了，怕国王会伤害别人。"国王保证不会伤害他人，婆罗门这才将这几件事讲给国王听。二人都生起了厌离心，出家为僧，到林中去修行了。

平日不可言行狡诈。狡诈的言行虽然看上去比较华丽，能把自己装扮成有德之人，但不是真正的德行，一旦被人看穿，就会招来鄙视和厌恶，就像纳雅妻子的故事一般。

乌龟与猴子

从前，一只乌龟和猴子成了朋友，一起居住在山洞中，促膝交谈了三个月。乌龟回到家里后，母龟很不高兴，装病在床。乌龟问它："你的病吃什么会好起来呢？"母龟答道："如果能吃到猴子心，就能好。"乌龟说："那好办，我去取朋友的心来。"但母龟说："猴子是不会轻易给你的。"就教了乌龟一个方法。

乌龟来到猴子处，请他去家里做客。猴子说道："我不能去水里。"乌龟说道："你真不够朋友。还说是什么挚友呢，请你做客都不肯去……"盛情难却，猴子答应了，坐在乌龟背上进到海中。

到了海的中央，乌龟说道："我妻子病了，要吃猴子的心才能好起来。希望朋友能把你的心给我。"猴子说道："你怎么不早说呢？我们猴子平常把心挂在树上，我没带来呀。"乌龟问："那怎么办呢？"猴子说："我们回去取

乌龟与猴子

心脏，治愈你的妻子。”

于是，它们又回到岸边。猴子把乌龟带到树下，让它在下面等着，自己去取心。猴子爬到树上，说道：“依止恶友只会带来伤害。无辜的我却被你带到海中，想夺走我比珍宝还宝贵的生命。你不是想要心脏吗？就拿这个走吧！”猴子丢下自己的粪便，就走了。

乌龟回到它们原来住的山洞中，等着猴子回来。猴子回到洞口的时候心想：要看一下里面有没有危险。于是就大喊：“大修行人啊！”乌龟没有应声。第二天，猴子又如前大喊。如是三天，乌龟都没有答应。但它心想：是不是这里面住过人呢？我是不是该应一声呢？

猴子第四天再叫的时候，乌龟就答应了一声。猴子说道：“事先考察，是智者之风范；事后懊悔，是愚者之所为。洞中的声音，是不祥之兆。我不应停留在此地，还是离开为好。”说完，猴子走进了森林中。

亲近损友，听信恶友，开始时貌似亲密友善，久而久之，反被欺惑伤害。所以，首先要善于观察，就如乌龟和猴子的故事一般。

鹧鸪的报复

不可听信对自己怀恨在心者的言语。如果听信，无利而有害，就像鹧鸪害狐狸的故事一般。

古时候，有只鹧鸪和狐狸交上了朋友。

一次，鹧鸪出门找食物的时候，狐狸来到鹧鸪家里，看到有七只小鹧鸪，就吃了一只。鹧鸪回来后，虽然知道了此事，但因无力抵抗，只好装作不知。之后每次鹧鸪出门，狐狸都吃掉一只小鹧鸪，直到所有的小鹧鸪都被吃光。鹧鸪心中非常仇恨，想找个机会报复。

有一天，鹧鸪看到一个人设下了一个陷阱，上面放着一块好肉。心想：我终于等到了报仇的机会。

鹧鸪迅速飞到狐狸的住

鹧鸪的报复

处，对它讲道："狐狸先生，离这里不远的地方有一块上好的肉，你不在，我也没敢吃。我们去享用吧。"就带着狐狸来到陷阱前。

狐狸说道："这没有设什么套吧？"

鹧鸪说道："没有设套。"它飞了过去，站在肉旁边，拍了拍翅膀，啄了两口肉，说："你看，没有吧？"

于是，狐狸迅速跳过去吃肉，掉进了陷阱。它摇着尾巴喊道："朋友啊，朋友！"

这时，鹧鸪说道："这是你偷吃朋友之子的报应。无有羞耻的狐狸，现在报应现前了。我鹧鸪虽然柔弱，但今天能够为子报仇，很欣慰啊！"就拍着翅膀飞走了。

狐狸悲叹道："我虽知道有善恶的业报，但不知道业报来得这么快啊。以前，你是对我最有恩德的人，现在，我却被你陷害了。"

过了一阵，挖陷阱的人来了，杀死了狐狸。

罗刹洲

不善择良伴，与恶伴相处，开头会因其迁就逢迎而很投机。而后，恶伴会变得如同魔鬼一样来伤害你。就像罗刹洲的故事一样。

商主狮子带领着南瞻部洲的很多商人去大海中寻宝，途中遇到了狂风，把他们吹到了罗刹洲。罗刹女们来迎接他们，说："你们来得真好，让我们来照顾你们吧。"商人们不知她们是罗刹女，对她们产生了爱慕之心，就一起建立了家庭。国中有一块地方，罗刹女们不让商人们去。商主趁她们不注意的时候，偷偷走到那边，发现那里有个有大铁门的房屋。

商主敲门，里面有人问："谁？"商主答道："是我。""你是从南瞻部洲来的商人吧？""是的。""我们也是商人，也是被风吹到这岛上来的。

那些女人都是罗刹女，在你们来之前是跟我们一起生活的。你们来了之后，她们就把我们关到这里面，要把我们一个个地吃掉。如果将来有一天，还有商船被风吹到这里，她们也会把你们吃掉。”商主问道：“有没有方法从这里逃离呢？”“我们就没有办法逃脱了，但你们有办法。每个月的初八、初十和十五，会有佛陀大悲的化现驰云骏马，到这个岛上来吃草喝水，之后会在金砂上打滚，并会说，‘若想去南瞻部洲，就骑到我身上来。’只要抓着马身上的任何一根鬃毛，不回头看也不贪恋罗刹女，也不要携带任何金砂和财物，就可以平安地回到南瞻部洲。我听那些罗刹女是这么讲的。”

商主回去后，聚集了商人们，把情况详细说了一遍，大家都非常害怕，发誓听从商主的话。等到驰云骏马到来的时候，商主骑在马背上，商人们有的抓住尾巴，有的抱住马腿，有的攀住马脊。飞向天空的时候，罗刹女们变得比从前更加美丽，呼唤商人们：“你们怎么可以这样对待我们呢？”有的商人不忍心，回头一看，就掉落下来。罗刹女们马上露出本相，活活吃掉了他们。而没有贪恋也没有回头的商人们，则平安地回到了南瞻部洲。

富门愚者

无须羡慕权贵和勇夫，无知的权贵和匹夫之勇，与猛兽没有区别，而宣说良言及真理者，才是世间的稀有珍宝。所以，不论什么出身门第，从小都要努力学习。如若不学知识，就像富门愚者的故事一样。

古时候的印度，有婆罗门父子二人与国王父子二人。婆罗门之子被父亲派到远方去学习，而国王舍不得自己的儿子，没有让他在年轻的时候去游历学习，王子虽然后来坐上了王位，但没有什么学识。

后来，婆罗门之子回到了家乡，成为众人拥护的智者，为大家传授知识和

富门愚者

圣贤之道。国王环顾身边的众多友人，就数自己的学识最差，便对老国王讲道：“我在朋友中是最差劲儿的，就像水鸟一样。”说罢，国王非常伤心。

但老国王说道：“你不需要伤心。他们再怎么有学识，都只是你的臣民而已，而你是他们的国王。”

国王对父亲说道：“雪鸡虽然住在山顶上，也无法跟海中的鹅王相比；无知的愚人，即使骑在马背上，也无法跟徒步的智者相比。”

老国王说：“只要你爱护人民，他们的光芒都会围绕着你而转。”

国王又对父亲说道：“知识要在年轻的时候学习，播种要在暖春时进行，这才是结果实的因。无知的人只会祸国殃民。”

老国王和老王后怎么劝，儿子都不能开解，都很为儿子忧伤。心想：没有知识和见识，心胸确实狭隘。应该让他在年轻的时候就去学习知识啊。

兔子杀狮王

没有学识和见识的人，说出的话就像土地上的孔穴一般，除了会发出空洞的“呼呼”之声外，发不出什么妙音。有学识与见识的人讲话则口出妙莲，句句在理。所以，若要明理，要从年少时开始学习；想得到牛奶，就要从冬天开始养牛；若要得到粮食，就要在暖春时节开始耕耘。这是结果的三个时期。

腹有诗书气自华，自然不必扮出一副风流倜傥的外表。而如果没有学识，不论自己如何作态，就像不出奶的母牛，无人问津。

即使自己学识、财富、权势等样样具足，也不要轻视他人，而应自心调柔，如同润滑剂一般，恭顺谦让。即使身体弱小，倘若具足智慧，一样可以与具力者抗衡，就像聪慧的兔子杀掉狮王的故事一般。

古时候，有只狮子成了森林之王，它命令森林里所有的飞禽走兽各族，每天轮流给它献自族的成员作为食物。有一天，轮到了兔子。狮子说：“像你这样的矮小者，吃进去还不够我塞牙缝呢。但今天轮到你，也只好将就吞下肚里。”兔子说道：“像我这样的弱小者，你想怎样都可以，但你现在不能吃我。”狮子问为什么。兔子答道：“因为我在等待着跟你长得一样，还比你厉害的狮子来吃我。”狮子非常气愤：“在这个森林中，比我还凶猛的还有谁呢？”就对兔子说：“你带我去见它！”兔子把它带到一口井旁，告诉狮子：“它就住在里面。”狮子探头向里面看了看，水面现出一头狮子，跟它长得一模一样。狮子甩了甩头，咆哮了一声，井中的狮子也同样咆哮了一声。狮子大怒，欲与自己的影子争斗，就跳入井中，无法出来，死在了井中。

兔子杀狮王

老鼠报恩

不管是对什么样的众生，都应当尽力帮助，不可轻视任何人，就像太阳普照万物一样，无有偏私，是会有好回报的。就像老鼠与大象的故事一般。

有一只老鼠掉入了一个深洞里，无法从中脱离，为饥渴所折磨，在洞中呻吟。一头大象来到洞边，听到声音，发现了老鼠，就用鼻子把老鼠从洞中拉了上来。老鼠非常感恩，就对大象说道："你是我的救命恩人，你的恩德，我永远都不会忘记。"大象对老鼠说道："我只是听到了你的声音，看到你可怜，才把你救出来的，并没有指望你回报我。所以你不需要对我报什么恩。"老鼠走之前又说："只要需要我，你就来找我。"

老鼠报恩

就这样，过了一段时间，大象衰老了，一天，不慎侧翻进一条沟里。大象无法站立起来，在里面呻吟。这时，老鼠听到了声音，跑来一看，发现是大象，就找来了周围所有的老鼠扒土，直到挖出一个斜坡，大象得以站立生还。

忘恩负义的井中人

我们要有利益每一个众生的发心，但是众生种种不一，有像草一样的胆怯畏缩者，有像火一样的嗔恨炽燃者，也有像雪山一样的善良纯洁者，还有像士兵一样的果敢奋勇者。不与品行恶劣的人为伍，施恩予这种人，他一旦见利，会忘恩负义，出卖朋友。不可藐视任何众生，要平等地去帮助一切众生，助人的同时，也要具备智慧和警觉性，就像井中人的故事一样。

博个哈大平原上坐落着一个城镇，因为自然灾害，人们都迁徙到别处。一个人、一只断了翅膀的鹞鹰、一只老鼠和一条毒蛇，都掉进了一个肚大口小的枯井中，饱受寒冷和饥渴。有个善良人路过，心生怜悯，就把他们救了出来。他们四个对他说道：“你是我们的再生父母，我们立誓，不管用什么方法，都要报你的恩。”这人对动物们说道：“就算我的境遇再糟糕，你们这些小动物也帮不上我什么忙。说不定，这个人还能帮上我一点儿忙。但希望你们都平安。”他轻视动物，对人却抱有期望。

后来，这人家道中落，就去林中打猎，遇到了之前自己所救的鹞鹰。鹞鹰问道：“恩人，这是怎么回事呢？”他说：“我家现在穷困。”鹞鹰说：“你不要走开，在这里等着我。”就飞去了宫殿，看到王后在洗头发，发饰放在一边。鹞鹰就用嘴叼走了饰品，全部送给了恩人，并告诉他，不要跟任何人讲这饰品的来历。说完，就飞向了天空。

他没有跟其他人讲，只跟从井中救出的人说了此事。后来国王贴出告示寻找王后的发饰，并宣布重赏提供线索者。被救者将救命之恩抛到九霄云外，去国王那里告发了。恩人被关进了大牢，得不到一口水和一粒麦子。在濒临死亡的时候，老鼠刚好来到牢里，就问恩人怎么回事。恩人把事情经过跟老鼠说了一遍。老鼠非常难过，从其他地方偷来很多食物，给恩人送去，又对蛇讲道：“我们的恩人现在已经成了阶下囚，非常可怜。”蛇说道：“既然国王敢伤害我的恩人，我就要向他报复。”之后，蛇就隐身卡住了国王的脖子，并从口中放出毒气。国王的身体开始溃烂，很是奇怪。国王就请来占卜者，卜卦得出的结果是为毒蛇所害，而毒蛇是牢中人的守护者，如果不释放他的话，国王的病就无法治愈。于是，国王放出了牢里人，并送了他许多财宝，毒蛇才放过了国王。

燕子害比丘

对老幼病弱、无依无靠者要施以援手，如果对他们都没有慈悲之心的话，就很难称得上是一个人了。话虽如此，也有这样的恶人，你即使长时间帮助他，只要有一次令他不满，他也就会遗忘前恩，反而用种种低劣的方式来加害于你。要警惕恶人，如同比丘和燕子的故事一般。

燕子害比丘

古时候有个比丘，每次吃饭的时候，都会为燕子留一点儿食物。一次燕子来晚了，食物就给了狐狸。等到燕子来的时候，没什么可吃的。燕子非常气恼，就飞到盗匪窝中，对他们说：“那比丘收藏了很多金子。”

于是盗匪们就来抢夺金子。来到比丘住处，比丘问道：“谁说我有很多金子？”盗匪们答：“是燕子说的。”比丘便把前面的事情详细地告诉了盗匪。盗匪们知道比丘没有金子，就离去了。

蓝狐狸

秉性卑劣的人，即使是自己的儿子也要舍离，不能让这种人身居高位，否则，会害人害己。如同蓝狐狸的故事一般。

古时候，在牧场上一座废弃的屋中，一只狐狸找到了一桶蓝色的颜料。狐狸把爪子伸进桶中，结果整个爪子都变成了蓝色。于是，狐狸给自己全身都涂了蓝色颜料。所有的动物都没能认出它是狐狸，问它："你是谁呀？"狐狸告诉它们："我是万兽之王'叶'。"于是，以狮子为首的所有动物都尊它为国王。从此，它出门的时候，以狮子为坐骑。日子久了，心中便生起骄慢，开始藐视所有的动物，尤其仇视狐族。

有一次，"叶"让一只狐狸带食物给自己的母亲，狐狸妈妈询问后，明白了所有的事情，就回了一封信：我的儿子，你不需要给我送食物，你要好好做大王。从此狐族都知道了它是狐狸，就起了嫉妒心，在一起商议。

狐狸们说道："你们所有的动物应该要尊敬我们。"动物们问道："为什么呢？"众狐狸说道："你们的国王'叶'就是狐狸。它与我们有什么区别呢？"所有的动物都说："狐族蔑视我们的大王，应当讨伐。"一只年轻的狐狸说道："如果你们不相信，我们可以观察一下，在立春那天，晨星照耀之时，我们狐族都要同声吼叫。如果不吼叫，毛发都会脱落。如果'叶'

蓝狐狸

是狐狸的话，它也会叫的。如果不是狐狸，它就不会叫。你们可以去观察。”等到那一天，大家都等待着。所有的狐狸都叫了起来，国王“叶”怕自己的毛发脱落，也小声地叫了起来。大家听到了，知道它是狐狸。动物们就一起打死了它。

狡猾的老乌龟

古时候，一泓小湖里住着一只名叫“见喜”的老乌龟，非常狡猾。它将身子没于水中，张开嘴，露出牙齿而静静等待。小鸟飞来喝水，看到它的牙齿，以为是虫子，就飞过来啄食。老乌龟便把小鸟吞入嘴中。

一次，一只名叫“一切皆善”的小鸟来到小湖中喝水，看到龟齿，也以为是虫子，飞过来啄食时，被乌龟一口咬住。小鸟说道：“在你把我吃掉之前，我能不能说三句话，或者走三步呢？”乌龟说：“让你走三步是不可能的，

狡猾的老乌龟

说三句话倒还可以。”小鸟便说道：“你不应该吃我。我是小鸟之王。我可以把所有小鸟都带来任你享用。”听小鸟说完后，老乌龟就请来了附近一条名叫“月亮”的蛇作公证，公证后就把小鸟给放走了。

小鸟回到森林中，叫来了所有的小鸟，说道：“以前我们的一些同伴不知去向，应该都是在去湖里喝水的时候，把龟齿误认为小虫，被乌龟吃掉了。我也是这么被抓到的，用了计才从它的口中逃离。你们以后到湖里喝水的时候，不要去捉虫子啦。”从此以后，所有的小鸟到湖中喝水后，都不觅食就离开了。

老乌龟就给蛇写了一封信，说：乌龟如今已经受了戒，不杀生了。从现在开始不需要吃小鸟了，但是，想见一下朋友小鸟。蛇就找到小鸟说了此事。小鸟说道：“恶毒者慈悲心是很小的。纵然嘴上说要改掉恶习，但还是会继续造业。我是绝对不会去它那里的，你就这么告诉它吧。也顺便跟它说，恶毒之众得不到食物时，怎能不去想欺骗的方法呢？因慈悲微小的缘故，当得不到食物的时候，狡诈之心会油然而生。所以，我不能前往，更不能遵守约定。”蛇把话捎了回去。老乌龟听了这话后，像濒临死亡一样痛苦。

一切皆虚空

愚笨的人，总是忘记自己终有一天必将面对死亡，总想象自己会一直存活于世，对于花花世界的诱惑，不能自拔，这就像飞蛾扑火。其实，世间财富，一切一切，就如梦幻泡影。正如幻术师的故事一般。

古时候有个幻术师，他来到一个村落表演幻术。其中，有一个村人说道：“这是幻术，并不真实。”幻术师就幻现了一匹骏马，让人把马牵着叫卖。然后，幻术师又走到那个说幻术不真实的人面前，问他是不是要买马。那人说不买，幻术师便让他骑一下。他骑了上去，被马带走，翻了九座山，跨过九个山谷，来到一个无人的海岛上。突然这骏马跃入了水中，那人也想跳下去，但居然无法跳入水中。马不见了。

这时，他面前出现了一位美女，问他："你从哪里来？"他说："我也不知道自己是从哪里来的，我是被马带到这里来的。"美女面带灿烂的笑容，对他说道："这地方除了我以外，没有其他任何人。我们一起生活吧。"

那人非常高兴，与她一起生活了四年，生下两子一女。大儿子三岁时，有一次，在水里玩的时候，被水冲走了。女儿喊着"哥哥"跑到水里，也被冲走了。他的妻子非常悲伤，说道："失去了儿女，我也不想活了！"他没拉住，妻子也跳入了水中。那人抱着刚生下来的小儿子，坐在山洞里号啕大哭。

这时，旁边有人问他："你怎么啦？"他这才发现自己已经从梦幻中出来了，就把刚才的经历从头到尾讲了一遍。他经历梦幻中的四年时，太阳的影子只移了四寸。于是，在场的所有人都明白了一切皆虚空的道理。

虐待女仆的"修行人"

如果进入佛门，而不如法行持，无有廉耻，不守世俗之规，只会为世人所唾骂。就像巴日拉苦行①者的故事一样。

很久以前，巴日拉地区有个苦行咒师，他有个女仆。这女仆虽然没犯任何过错，却时常被咒师殴打，因实在难以忍受，女仆逃走出家为尼。之前，巴日拉地区的人们都认为，这咒师是个修行人，但从此后，大家都认为他心不调柔，充满恶习。于是，咒师遭众人唾骂。

① 苦行：印度系列宗教，包括印度教、耆那教的修行方式，故意用一般人难以忍受的种种痛苦来折磨自己。如印度教中人们通过苦行获得神灵的祝福，或得到解脱。